李 黎 著

昨日之河

图书在版编目(CIP)数据

昨日之河/李黎著.-北京:中华书局,2012.10
ISBN 978-7-101-08956-1

Ⅰ.昨… Ⅱ.李… Ⅲ.回忆录–台湾–现代
Ⅳ.I712.55

中国版本图书馆 CIP 数据核字(2012)第 237308 号

书　　名	昨日之河	
著　　者	李　黎	
责任编辑	李世文	
出版发行	中华书局	
	(北京市丰台区太平桥西里 38 号　100073)	
	http://www.zhbc.com.cn	
	E–mail: zhbc@zhbc.com.cn	
印　　刷	北京瑞古冠中印刷厂	
版　　次	2012 年 10 月北京第 1 版	
	2012 年 10 月北京第 1 次印刷	
规　　格	开本/880×1230 毫米　1/32	
	印张 7¼　字数 120 千字	
印　　数	1–15000 册	
国际书号	ISBN 978-7-101-08956-1	
定　　价	26.00 元	

目　录

溯河之源（大陆版序）……………………………………………… 1

前言 ……………………………………………………………… 7

第一章　彼岸 ……………………………………………………… 9

　　南京，一九四八 ……………………………………………… 11

　　和煦堂与大善桥 ……………………………………………… 14

　　春望 …………………………………………………………… 19

　　渡海 …………………………………………………………… 22

第二章　第一个家 ………………………………………………… 29

　　花非花 ………………………………………………………… 31

　　任意门 ………………………………………………………… 36

　　信封的背面 …………………………………………………… 45

　　收音机年代 …………………………………………………… 50

　　告别式 ………………………………………………………… 54

第三章　小巷岁月 ·· 59

　　走出家门 ·· 61

　　来来来，来上学 ······································ 66

　　赤脚的同学 ·· 72

　　伊是哪里人？ ·· 76

　　左邻右舍 ·· 80

　　养女阿宽 ·· 85

　　鸡兔同笼 ·· 89

第四章　凤岗路外 ·· 95

　　错过的电影 ·· 97

　　远方的战争 ··· 101

　　曹公庙和城隍庙 ··································· 107

　　凤凰花树 ··· 113

　　窗外飞逝的人生 ··································· 116

第五章　童年再见 ··· 121

　　陌生的二叔 ··· 123

　　人间喜剧 ··· 128

　　山水画家 ··· 132

浮世画家 ·· 137

表哥 ·· 143

打人的老师 ·· 146

告别童年 ·· 151

第六章　身世 ·· 155

真相 ·· 157

命运，一九四九 ··· 161

重逢 ·· 167

归乡 ·· 174

第七章　回首来处 ··· 181

我的父亲 ·· 183

父亲离家 ·· 196

伪造的家信 ·· 201

母亲回家 ·· 204

我带爸爸回家 ··· 215

后记　童年的终结 ·· 221

溯河之源（大陆版序）

这本书里说的，其实是一个关于回家的故事。

一个生在大陆、长在台湾、旅居美国多年的写作者，一个不断离乡"出走"的外乡人，在海峡两岸的祖辈父辈都离开人世之后，为了不让属于他们的那段岁月在时间长河中被遗忘湮没，再次踏上一条漫长的心灵归途，凭借昔时记忆引路，沿途捡拾汲取过往，以文字纪录凝固……

回首童年往事是回家之路必走的第一段：崎岖、美丽，而且不免伤感。

这并不是一本自传，更称不上是一部个人传记，却是借着当年小女孩的视界和身世，映照出一个家族和国族的历史，一段六十年家国的沧桑。

我最早的明确的记忆，开始于我称之为"第一个家"的地方：一九五〇年代的南台湾小镇——凤山，隔成一半的半栋日本式平房里，住着一个来自大陆江南的公务员四口之家：爸爸妈妈奶奶，和我。那个颠沛流离之后的安顿栖身之处，周遭的人事和景物，从小女孩那双童稚而明澈的眼睛看出去，是一个既熟悉又陌生的世界，既是家常却又新奇的事物，甚至于充满了奇妙与不可解……

　　孩子的眼睛虽有童稚的无知，又有洞彻的敏锐。我早已觉察到，在那个封闭且有太多禁忌的年代，当家中大人提到一处地方和一些人时，都自觉或不自觉地压低了声音：在一个叫做"大陆上"的地方，有几位没有跟我们一道来的亲人，提到他们的名字或者称呼时，大人用着谨慎的、几乎是戒惧的语气轻声低语，却又带着那般温柔与亲昵；我的耳朵偶尔捕捉到的只是片断，没有完整的故事。在我的童年记忆中，这些断续飘忽的低语和片断，构成了一幅遥远、朦胧而神秘的图像。

　　然而在收音机的广播、街头的标语、学校升旗台上的训话甚至课本里，"大陆"是一个巨大的、深不可测的黑洞，是敌人的世界；那么，我不禁奇怪：住在"大陆上"的让我的爸妈奶奶用那般温柔思念的声息提及的人，是些什么样的人呢？纵使好奇，小孩家竟也知道不该多问。

　　便是周遭熟悉的人也有神秘不可知的：深夜来道别的叔叔，从此也成为压低声音提及的亲人；精神病发作时就喊口号的邻居，学校里失踪的老师……他们发生过什么事，后来到哪里去了？有一年——回想起来是一九六〇年代初，收到来自上海通过香港辗转寄达的家信（上海啊，对于我更是个神奇的地名，像是那巨大的黑洞深处闪烁着的微光）；爸爸称之为"万金家书"，他那种压抑的兴奋与感伤，纵然是孩子也能感受到，无须解说，终生难忘。

童年的世界既小又大，因为那许多的不可说与不可解，大人可能无法想象一个好奇却羞怯的孩子漫长等待的耐心——直到要等待许多年后，有些事情因为年龄的增长而自然显示了它们的意义，有些事却是要等待回到最初的来处方才明白；当然，还有些对我依然是永远未解的谜。

好奇的孩子一到长得够大时就要离家，以为答案都在家门外面那个广大的世界上。结果我发现：原来离家是为了回家，为了寻根，为了追溯最初。一九七七年，我到美国的第七个年头，就第一次踏上寻根之路。那时"文革"刚结束不久，当时还极少有"来自台湾的美国华人"访问中国大陆。彼时的我有家归不得，由于在美国参加了七〇年代初的保卫钓鱼岛运动，被"国府"列入黑名单不敢回台湾；既然回家不得，我反而干脆做出当时留学生不敢做的事：去大陆。七七年秋天我从美国洛杉矶取道香港，过罗湖桥，进入深圳（那时还是个荒凉的边境小镇，没有一栋像样的建筑），从广州上北京，还绕了一圈大西南，最后才到上海，见到从小到大听过无数次用压低了的声音提及的亲人，至此我总算不再需要压抑，带着哽咽我大声地称呼了他们，认证了自己的身世和家族的命运。

寻根不仅是血源的，还有文化的求索。从七〇年代末到八〇年代初，我像瞻仰历史文物一般寻访文学大师：茅盾，沈从文，巴金，钱锺书……我以为他们只存在于中国文学史中，他们和他们的作品在我成长的年代和地方同样是禁忌，是我文学传承的一段空白，我急于要填补这份空白。何其有幸，我竟然能够与他们面对面交谈，将他们的音容笑貌与文字作品连在了一起。

从离家到回家，终于，我也为自己填补了童年的那段空白。然而我并未急于书写，心底并不觉得童年已经远去——直到母亲去世。母亲的离去让我深深感到世事的飘忽无常，思念固然强烈但记忆的维续可以非常脆弱；因而在母亲去世一年后，我开始提笔写下童年往事，以及追溯身世的种种。同时我也翻箱倒柜地找出旧照片，并且向亲族收集家族的纪念照，尽我可能地以文字加图像来保存呈现那一去不复返的时空。

我曾把书稿给大陆的亲友们看——我们原是同一个时代的人，然而将近半个世纪的隔绝，时间上我们虽然一同成长，空间上却是在两块断然分隔的土地上，各自背负了那一半的历史与另一半的空白，以及各自的命运。有意思的是：当他们饶有兴味地读着我描述那许多的"异"（正如他们所料的、理应发生在两个不同的世界里的情状），却竟也有那许多"同"，倒是出乎他们和我意料之外的。我因而省悟：无论是意料之中的"异"，或是意料之外的"同"，我的叙述我的故事，或许补足了我们之间本该共有的那些记忆的空白与断层吧。

书中收入的许多老照片，对于我当然是极其珍贵的个人和家族纪念册，但即使对于非亲非故的读者，也是一段岁月和时空记忆的遗痕与见证，一个小小的历史空白的填补——正如我的文字和我的故事。

《昨日之河》出大陆版，完成了我回家故事的最后一笔。这本书带着我上溯昨日之河的源头。这本记忆之书、寻根之书，也找到了回家的路。

二〇一二年夏，于美国加州斯坦福

前　言

过去是异域，不能回去，但可以追忆……

从前，有一个小孩……

很多童话故事都是这么起头的。而童话故事多半是关于小孩离家、寻宝冒险遇到王子公主的成长故事。可是长大了之后的小孩，终究会学到这些功课：世上没有保证你心想事成的神灯，善良的男孩女孩不一定有好报，公主和王子也多半不会永远过着快乐的日子，等等。这时他会回首来时路——他会想要回家了。

成年人要回家，就不再是鲜艳可口的童话故事了。有些人物回家的故事，可以壮丽或者惨烈到需要神话史诗来歌咏。

一般人的故事当然既非童话更不是神话，但是在我们每个人的心里面，可能都曾有过一个眺望天涯路的小孩，和一个回首望乡的游子——

很久以前，台湾南方小镇上有个小女孩，她对一切的事情充满好奇。她盼望长大，坐火车到很远的远方去。

女孩的愿望实现了。她果然离开了家，离开了她最舍不得的妈妈，越过大海大洋，登上高山涉过沙漠，见到各色各样的风景和人物。

许多年过去，离家很久很远的女孩不但早已长大，而且在远方也有了自己的家，自己的小孩。她写了很多故事，关于离家之后的人事，关于远方的世界，关于她学到的，和失去的。

在她的心里，这些故事都是写来给家人读的。

又是很多年过去，她越来越想家了；她开始走上回家的路。可是没有路可以通往她那已经不存在的最早的家——除非通过文字和记忆。

于是她开始写回家的故事。每一个字，就是带着她通往回家之路的每一步。

怀念把我抱到第一个家的母亲，一九一二～二〇〇八

第一章　彼岸

一九四九年初，任职南京市政府地政局的爸爸，决定跟随政府和他称之为"老师"的长官撤退到台湾。同行的除了妈妈和我之外，还有奶奶。……那年三月，南京的情势岌岌可危，爸爸的机关已经撤离了；杭州还有许多亲戚，我们在那里短暂歇脚，再取道上海、福州，乘船到台湾。

一九四九年三月，杭州小米巷。妈妈抱着我站在右边，半张脸被我遮住了。合影之后不久，照片中好些人就永远没有再见过面。

南京，一九四八

一九四九年，数以百万计的中国人大迁徙、大撤退的一年。我也是其中之一。

那年，我一岁，在逃难的路上。

一九四八年五月一日，我在南京出生。这个阳历的日期是我后来查出来的。原先都是过阴历生日，三月二十三。小时每到那天，妈妈和奶奶就会说："今天是长尾巴的日子。"照例下面吃。家里上有长辈尤其有老人家，小孩子不好说过生日，就说是小狗尾巴又长一截了。

很多年以后，我才知道在台湾旧历三月廿三是个大日子：妈祖生日。我来自苏浙文化背景的家庭，小时对这位广受闽粤民间爱戴的海上女神只闻其名，与她相关的民俗活动并不熟悉。多年后却是随着丈夫的寻根之旅，来到他的祖籍——也就是妈祖的家乡，福建莆田，朝拜了这位与我同一天生日的慈悲女神。

我的爸爸和妈妈是旧式大家庭里青梅竹马的表兄妹，年纪只差一岁，所以从小就亲密无间。两人恋爱时自认像巴金的《家》里的觉新和"梅表姊"——好在结局不像小说的悲剧，而是有情人成眷属的美满版本——爸爸很浪漫地昵称妈妈为"梅"，妈妈终生都用了这个字作她的名，上冠夫姓。

他们婚姻美满，可是到了三十六七岁时我才出现在他们的生命里，而且他们始终就只有我这一个女儿。自小就听过有人当着我的面提出疑问，我却没有放在心上。直到许多年以后，才在无意间明白了关于我身世的秘密——那是后话了。

一九四九年初，任职南京市政府地政局的爸爸，决定跟随政府和他称之为"老师"的长官撤退到台湾。同行的除了妈妈和我之外，还有奶奶。杭州是我们四口走上逃难之路的起点。那年三月，南京的情势岌岌可危，爸爸的机关已经撤离了；杭州还有许多亲戚，我们在那里短暂歇脚，再取道上海、福州，乘船到台湾。

临行前一大家子三代人——包括爷爷、奶奶、姑妈、姑父、表哥、表姊和其他两位表亲，还有爷爷的妾，在杭州的屋宅前一起合照。未满周岁的我被妈妈抱在怀里。小时候爸爸妈妈常拿出那张照片教我认识上面的人，所以对于那些没有同赴台湾的亲人，感觉上并不陌生。

那时我爷爷还健在，而奶奶是位旧式大户人家老太太，竟然会抛下丈夫跟着儿子远行到一个人生地不熟的地方，其实有她的苦衷——奶奶是因为丈夫收了家中的婢女为妾，伤心愤怒之下，才决定跟着儿子到台湾的。

和煦堂与大善桥

爷爷出身世家，他的曾祖父鲍源深是道光年间的进士，殿试探花及第，做过国史馆编修、工部和礼部侍郎、山西巡抚，朝廷封为"中丞公"。上海城隍庙旁的豫园里有座"和煦堂"，堂上那块匾就是我这位五代高祖题的字。一九七七年秋天我第一次回上海，亲人就带我到豫园认这块老祖宗题的匾。我的儿子去上海时也都带他们去看一眼，美国生长的小孩就算认得上头的字也不明白涵义，但好歹是个慎终追远的意思吧。

中丞公号华潭，在光绪初年就举家从安徽迁往江苏，可是我的籍贯还是他老人家的祖籍：安徽，和县。我至今未到过和县，不过几年前倒是去过家族更早先的根源地：安徽歙县棠樾村。那里有举国闻名的七座鲍氏牌坊，是非常壮观的明清两朝的古迹。按照族谱的记载，中丞公的和县这一支来自歙县，

上海豫园和煦堂的匾额，题字人鲍源深是我的五代高祖。

与棠樾建牌坊的鲍氏家族同宗。牌坊群近旁的鲍氏宗祠至今仍在，那个冬日我在风雪中走进宗祠，谒见了列祖列宗的牌位；还参观了旁侧的女祠——女性祖宗有祠堂牌位享受香火祭祀，这是全国第一也是唯一，可见鲍家当年的开明。

当年中丞公为后代排了辈分，一排就是八代：孝友传家，诗书礼义。爷爷是传字辈，爸爸是家字辈，我应该是诗字辈，但我的名字中间并没有那个字。后来遇到同宗，发现堂兄弟姊妹们没有例外都叫鲍诗什么；我好奇问爸爸妈妈，得到一个很奇怪的回答：因为妈妈年轻时很喜欢一个女明星叫黎莉莉，所以把女儿取了个相近的名字：利黎。这么牵强的理由我竟然也并无疑心地接受了，主要大概是觉得有个电影明星的名字也不坏。

我的爷爷其实是个很新派的人，年轻时还下过南洋，画得一手西洋油画，在保守的家族里算是颇为洋气的子弟，所以才会把他的独生子——我的爸爸，送去上美国教会办的中学，后来还送他到上海念复旦大学。这样的人到了晚年会纳婢女为妾，可伤透了我奶奶的心。爷爷很疼那女孩，教她读书认字，还为她取了一个风雅的名字，玉枫。爷爷字松崖，我琢磨这两个名号还有点对应的意味呢。

爷爷本来也考虑过去台湾，但他要带着妾同行，这下不但奶奶誓死不依，连我爸爸都觉得不妥。而且爷爷养尊处优惯了，不想到一个陌生地方去吃苦，因此离家的意愿并不高，只

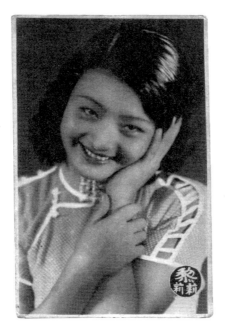

爸爸送妈妈的一张电影明星黎莉莉的照片

说随后跟着小女儿来吧——当然就再也没有能够出来了。

结果奶奶在台湾虽然没有享什么福，也没受什么苦；而爷爷却在新政策下被送回原居地——江苏的小县城里接受"改造"。虽然他已学会了收敛，不再像在杭州时那样身穿绸缎长衫、戴副墨镜、手持"司迪克"一派潇洒；可是"文革"来时还是躲不过大祸临头，被指控为地主揪出来，活活斗死在一座桥上。也有一说他是饿死的，因为"文革"时乱糟糟的，雇来送饭给他的人两三天没出现，八十岁的爷爷已经饿得不行了，哪还禁得起批斗？那座血淋淋的桥有个很不相称的名字，叫"大善桥"。

至于那位深得爷爷宠爱的玉枫，爷爷被送返原居地后新政府就把她"解放"了，嫁给一位南下共产党老干部，很快生了个儿子，日子过得颇为安适。她离开爷爷时带走不少家中值钱的珍玩——当然很可能是爷爷送给她的，酬答她用几年青春岁月带给一个老人的快乐。回老家后爷爷靠变卖仅存的家当勉强度日，到他死时已所留无几，唯剩一些字画，"文革"时也不知所终了。

春　望

　　一九六〇年代初，我们已经从凤山搬到高雄，有一天忽然收到一封寄自香港的信；原来是我那留在大陆的小姑姑，托她移民到了香港的老邻居代转来的。十多年音信断绝之后忽然收到小妹的亲笔信，爸爸当然是如获至宝。信里虽然不敢写什么话，知道家人都还健在就足够安慰了，也得知他们已经从杭州搬到上海。那时正是大陆三年饥荒困难期间，信里提到迁回家乡的老父生活困难，爸爸立刻筹钱寄去香港。之后未敢再多通音信，"文革"一来当然更是完全断绝了。

　　爸爸小心地珍藏着那封姑姑的手书，在信封套上慎重地用毛笔写了"万金家书"四个字。在那之前不久国文课教过杜甫的《春望》，我算是亲眼目睹亲身感受了一首一千多年前的诗句，在我的生活里鲜明地印证了——"烽火连三月，家书抵万金"，十几年有多少个月啊，这封家书岂止万金呢。

家书里附了一张极小的爷爷的照片，爸爸把照片放大了配上镜框挂在墙上。奶奶从不正眼瞧上一眼。有客人来看到，好奇问照片里的老先生是谁，奶奶冷着脸说："我不认得他。"

奶奶长得白皙纤小，一双缠过的小脚并不影响她在屋里勤快地走动做家事。亲戚朋友都喜欢她，因为她待人和气，凡事谦让，不但从不贪占便宜，有时简直客气得过分。其实在她慈祥的外表下有深深的怨怼，不认爷爷的事件让我看到她的另一面。

随着年岁老迈，奶奶后来更会经常情绪失控。她对我非常疼爱，嘘寒问暖无微不至，但也最易对我动怒。她遵从旧式世家的伦理，对成年持家的儿子很尊重，从来不向我爸爸说重话；而我的妈妈本就是她的亲外甥女，又是个孝顺得挑不出毛病的媳妇，奶奶多年下来积聚的怨气和挫折，只有在被我触动时可以找到借口发泄。往往只是我在言语上稍有顶撞，就会引发她絮絮叨叨冗长的独白，反反复复的怨天尤人和自怨自艾，有点像鲁迅小说《风波》里的九斤老太。

现在回想，那也是一种忧郁症的症状吧。她为自己的晚年做了一个义无反顾的选择，跟着儿子来到一个举目无亲的地方，没有同辈同龄的熟人，没有可以谈心的朋友。纵使能够回头，也是性格刚强的她不堪忍受的，何况回头的路已经断了。年近四十的媳妇更是绝无可能为她添个孙子。一句话：她的人生已没有任何盼头了。

　　奶奶七十四岁那年，爸爸——她的独子——突然心脏病发去世。我们想尽办法瞒着她，而她也开始出现老年失智的迹象，脾气已经好了很多，从此就沉默了下来。奶奶一直活到八十岁。相信直到她死时，也并不明白自己的儿子和丈夫都已先后去世了。

渡　海

　　一九四九年四月二十三日，我刚满一周岁，我的出生地南京撤守；生日后两天杭州也失陷了。局势变化之快，出乎许多人的预料；照片里其他几个本来也想随后即来的亲人——小姑妈姑父、表哥、表姊，甚至爷爷，就再也出不来了。而那时，我们四口已经到了福州，等船去台湾。

　　妈妈常说起我的一周岁"长尾巴"那天，在福州人生地不熟，连话也听不懂，买不到奶粉，只能用洋铁罐凿成的酒精灯，为我煮些随身携带的干粮"奶糕"（其实是类似米糕的东西，营养成分不高），口气中总是有些抱歉。我脑中曾掠过一个疑问：为什么妈妈不自己喂我奶吃呢？不过并没有问出口。倒是许多年后我嫁了个福建人，妈妈说起旧事来就会加上一句："原来跟福建有缘。"

从福州马尾上船，爸爸要照顾小脚的奶奶；妈妈身体弱胆子小，一只手要紧抓梯桥的扶手，只用另一只手实在抱不动我。还好一位同行的王姓朋友人高马大，挟着我上了船，因此便认这位高大的王伯伯做干爸爸。那段上船的故事从我小时就听大人讲过不止一次，版本越来越惊险，好像千钧一发我就会掉进海里，每回都听得我惊心动魄，可是又好像在听一个与自己不相干的小孩的故事——我模糊地想过：如果我那时掉进海里，就再也没有了这个我，而当时的我也不会有任何觉知。所以那个未曾发生的故事其实对我并没有太大的意义，但对于爸爸妈妈却是他们生命中太重要的一幕了，难怪讲了又讲。

　　到了基隆下船，一家四口在台北朋友家中暂住——当时可能还不止我们一家人，所以还得打地铺。那位朋友姓周，福建人，在朋侪间素有才子之称，后来做了大学校长。我记得那段日子的一两个片段，说出来大人总是不肯相信，他们说那时我才两岁不到，怎么可能有记性？但我确实记得，情景像在光线不足的房间里拍的电影，回忆中更像老电影的片断了——是那家的大哥哥大姊姊逗我玩，趴在地上扮老虎，发出"呜，呜"的声音吓唬我，我坐在大人膝上，小脚拼命往里缩。周家大姊姊不久之后就出国念书，一直是亲友间传诵乐道的模范青年，后来当上中研院院士。

　　一到台北，爸爸妈妈就带我到照相馆拍了一张照片寄回大陆老家——可见那时还能透过某种方式通邮。这是刚满一岁的

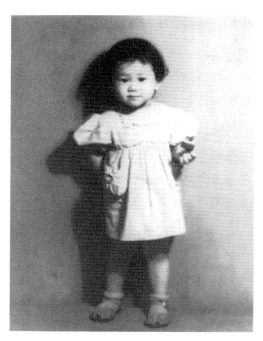

一岁到台湾，第一张单独照，第一张穿裙子的照片。

我生平第一张单人全身照，穿着裙子，不再是婴孩而像个小女孩了，手中捏着一块饼干，据说是多亏这块饼干我才肯独自站在照相机前的。许多年以后我才知道这张照片当时就寄去给大陆亲人了，也是到那时方才明白，为什么爸爸妈妈一到台湾就忙不迭地为我照相寄去给姑妈姑父。

初到台北的那一年里，我们在周家住了多久我不知道，其间有没有换其他暂居之处我也不清楚。后来总算爸爸的工作通知下来了：担任高雄县政府地政科科长。从中央的地政局到一个小县份的地政科，虽然在那个大迁徙的年代还能有个职位已属幸运，但爸爸是怎样调适他的境遇与心情，年幼的我当然不得而知。

爸爸妈妈到台湾时都已经是三十七八岁的人，上有老下有小，来到一处陌生的地方，语言、气候、食物、生活习惯，无一不需从头适应。老父和小妹一家已经没有出来团圆的希望了；家业房产、文物珍玩，都已成身后的灰烬。两手空空，后退无路；而前途茫茫，安危祸福难卜；尤其是世局离乱人心难测，一言都可能贾祸。日后我自己到了他们的年纪时，试着想象他们当年的心境，该是何等凄惶！难怪童年的印象里，表面上乐天豪放的爸爸常有沉着脸默默抽烟的时刻，而一向沉静寡言的妈妈，眉宇之间总是有一抹拂之不去的愁绪。

爸爸在我十七岁那年突然去世，而我那时只是一个初进大学的"三九少年"teenager，刚从联考的桎梏中释放出来，心

上：记忆中的第一个家，永远的家——高雄县凤山镇凤岗路六巷六号。一九五六年三月摄。

下：我出国后第一次回到凤山已是一九八八年，当时见到的凤岗路。旧居已不在了。

思根本就不在家里。所以我一直没有机会作为一个成年人与他对话，探触他的内心世界。

于是我们一家四口搬到高雄县政府的所在地，凤山。那时的凤山只是个小镇。我永远记得我第一个家的地址：高雄县凤山镇凤岗路六巷六号，一个早已不存在的地方。我们一家在那里住了八年——几乎是我的整个童年岁月。

据母亲说，当我们一进那栋日式小屋，我就欢天喜地地在榻榻米上翻跟斗。大人点头感慨："唉，连这么小的孩子也懂，这是到了自己家了。"显然我是在一无所知的状态中立即爱上了那栋小屋的。

（许多年后，我第一次去日本，进了道地的日本式房屋，在榻榻米上坐下，忽然一阵排山倒海的乡愁情绪涌上来，令我几乎难以自持……）

就是这样，我住进了第一个家。而时序也进入了一九五〇年代。

第二章　第一个家

　　夜里周遭漆黑，没有月光的夜晚真的可以黑到伸手不见五指。有几个夜晚我从睡梦中醒来，清楚地看见无数极小的花朵下雨般从蚊帐顶飘落下来，奇怪的是在漆黑的夜里那些花朵却是清清楚楚的，颜色鲜艳得好像它们会发光。

凤山家中玄关上方三叠间的小几，瓶中的黄玫瑰是妈妈和奶奶在
庭园中一手培植的。一九五六年二月摄。

花非花

凤山镇凤岗路小巷里的那栋日式小屋——其实是半栋，是我记忆中的第一个家，极小，但极温馨。

我家与紧邻的隔壁人家，其实是住在同一栋日式房子里，而且是很典型合规矩的日式房子，有着小小的前庭后院和木板回廊。红砖围墙圈起的方形正中就是方形的房子，正好构成一个"回"字形。成为县政府的职员宿舍后，从中间筑起一道墙把整个院子和房子一分为二，这样就可以住进两户人家了。两家当然各自开了一扇大门进出。

进了我家大门就是个很小的前院，爸爸在院子里种了好几株美丽的玫瑰花，给那个清寒年代点缀了色彩。贴着中分墙还有一口方形小蓄水池，水面全是浮萍。我曾经站上池沿好奇地窥探隔壁人家的院子，被大人紧张地抱下来——那池子虽小却深，还是淹得死小孩的。

沿着墙有几棵美人蕉，常年开着鲜艳的红的黄的花，却没有什么香气。屋子的壁脚下有一排石竹，也是不断地开着白色粉色红色的小花。外面路边更多见的是铃铛花、灯笼花、扶桑这些生命力似乎很强的植物，小女孩随手采下把玩又随手扔掉，一点也不知道爱惜，因为花儿总是到处都有的。

就像后来在日本电影里看到的人家一样，我家进了屋子的木格子门即是脱鞋的玄关，上了榻榻米便是个三叠的小间，放了张小方桌和一把椅子，桌上常有从院子里剪下来的黄玫瑰；后来家中装了电话，也放在那张桌子上。右手进去即是客厅，家具除了两张木扶手皮椅外，多半是轻便的藤椅木茶几——一方面是为着凉快廉宜，另一个原因想来也是那时的大陆人共同的心情：反正只是暂时的停留，凑合着用吧。

即使是在那样拮据的条件下，我记忆中的家还是整洁雅致的，就像进门那张小方桌上的黄玫瑰，插在蓝色玻璃花瓶里，简静而赏心悦目，来访的客人无一不夸。后来我们搬过几次家，居住空间大了许多，爸爸也有了些许条件展现他的室内装饰才华；但即使与后来的家相比，我的第一个家也并没有留给我寒碜简陋的印象。爸爸就是有这分品味和本事。

半栋屋子只有两个房间。客厅兼任主卧房，到了晚上得

一家四口,在凤山家中的前院。我身上穿的毛衣是妈妈织的,浅绿色缀着墨绿色的小花。

把桌椅移到三叠小间去——幸好家具不多又轻便，搬起来不吃力——铺上被褥挂起蚊帐，爸爸妈妈带我睡在那里；早上又得收起床褥枕被帐子，把桌椅还原归位。有时星期天起得晚了点，不速之客登门——那个年代没有人登门要预约的——慌忙铺床的情景十分狼狈。

其实日本式的地铺很实用，否则三口人都要睡床的话，客厅里就别想再放别的东西了。白天床具都收在壁橱里，壁橱有上下两格，大小也是一叠，我知道有小孩多的人家，就给两兄弟当上下铺。我偶尔会爬进壁橱里，拉上纸门蜷缩在柔软的枕被中间，体会独自在一个狭小黑暗的空间里那分又安全又有点惧怕的奇异感受。相信住过日式房子的小孩，都有过躲在壁橱里的经验。壁橱的纸门是典型日式的，浅色，上头印着淡雅的云朵或者水藻的图案。

蚊帐里的空间很宽敞，像个小房间。大人当然睡得比我晚，我喜欢独自在蚊帐围成的小房间里假装睡着，听大人在外面讲话。略为懂事之后偶尔会听到爸爸妈妈小声讨论家用预算，计划着怎样可以撑到月底。

夜里周遭漆黑，没有月光的夜晚真的可以黑到伸手不见五指。有几个夜晚我从睡梦中醒来，清楚地看见无数极小的花朵下雨般从蚊帐顶飘落下来，奇怪的是在漆黑的夜里那些花朵却是清清楚楚的，颜色鲜艳得好像它们会发光。我以为自己眼花了，揉揉眼睛，那些小花还是不断无声无息地飘落，伸手捕捉却什么也抓不到。我非常肯定那不是梦，当时是清醒的，那雨般的花朵也是清晰无比，才会让我忍不住伸手去接捧。

几次之后，神奇美丽的夜半花雨就再也不下了。有时候我半夜醒来会睁大眼睛，期待奇景再度出现，结果都是失望睡去。我始终无法找到关于花雨的解释，这是我终生的谜。

任意门

爸爸喜欢书法，自己也写得一手漂亮的字，所以家中挂的
字比画多。凤山家中客厅挂的是一副清人吴熙载的对联："春
花落地闲公案／野鸟啼枝小辩才"，是少数几副来台时随身带
出来的家传墨宝。我小时当然不解其意，更不知欣赏字的好
处；上下题款是些什么人毫无概念，想来总不外是题赠给我的曾
祖或高祖的——那辈人除了本名之外字号太多，很难弄得清。

至于我那位为"和煦堂"题匾额的五代高祖鲍源深，传里
说他"善书法，喜诗文"，爸爸也带出来了一副他写的对联，
字体跟多年后我亲眼见到的"和煦堂"三字果然很相像。可能
因为尺寸太大，凤山的小屋挂不下，后来到高雄的家才挂出
来；那十六个字笔酣墨饱，写的话也正气十足："似兰斯馨如松
之盛／临川拟洁仰华思崇"。我收藏至今，一百多年下来墨色

依然鲜艳浓郁。不过无论是书法或是意趣，我还是比较喜欢小时看熟了的"春花"和"野鸟"。

客厅的后进才是卧室，中间有纸门但白天从不拉出来，这样整个屋子从前到后通成一气，显得敞亮。卧室放一张单人床，给奶奶睡的——老人家不习惯也没法打地铺。饭桌也摆在那间房里，图的是离厨房近；有客人来吃饭就搬到外头客厅去。

后来我有了一张小书桌，放在房间的角落，那极小的一角就成了我的"书房"。那么小的一间卧房居然如此多功能，回想起来也不觉逼仄，实在奇妙。我的小书桌上有一盏台灯，靠墙立着我喜欢的几本书，像《安徒生童话》、《爱的教育》之类的，还有照相框和我的洋娃娃。那是我生平第一个真正属于自己的小天地。

卧室后头是条木板走廊。不记得从几时起，那里摆了一架缝纫机，胜家牌的，像张小桌上头立着一只黑色小狗，桌下悬着一块踏板，快贴近地面了。只有妈妈会用缝纫机，用的时候要像演奏风琴一样不断用脚踩那踏板，小狗的头才能转动，一根粗大的针就会在布料上飞快地上上下下扎洞。我常看得入神，但是妈妈不让我碰那台机器，我只有趁人不备时偷偷踩两下踏板。我的一件件漂亮的衣裳，都是妈妈坐在机前不慌不忙像踩风琴般缝出来的。

妈妈也打毛线衣，钩针织做成桌布茶杯垫。那些流利的手

我的第一张书桌，摆在唯一的一间卧房兼餐厅的角落里。日式纸门拉开就是后走廊了。

势，当时看着不觉得特别，回想起来都很美；甚至毛线织针的针头轻轻碰撞时发出的那极细碎的声音都很好听。然而我却一直不曾跟她学会做这些女红。我唯一帮得上忙的是妈妈要把松散的毛线绕成一个个球时，叫我张开手臂抬起来，让她把一捆毛线套在我的手肘上，她就可以把毛线扯出来捆成一个球了。我很喜欢这个工作，总是乖乖地坐在她面前的小凳子上，还懂得配合坐在藤椅上的妈妈的绕线进度，小幅度地左右摆动我的手臂。

奶奶有个陀螺形状的小工具，我一直不确定是不是叫做"纺锤"，细长的顶端绑上一根毛线，用手一旋就滴溜溜地转起来，功能好像是把毛线扯直吧——我想帮忙她总不许，所以我始终没有得到正确的结论。小时有些事物太平常习惯了就没有好奇心，反而是多年后回想起来才不免好奇，但已无人可问了。

走廊的落地纸门外便是后院。纸门在白天几乎从不关上，一脚跨出去很方便。后院养着鸡，有一回奶奶站在走廊上朝外撒米喂鸡，甩手的力气大了点，身子不平衡就摔了出去，跌断了肩膀。幸好日式房子的走廊很低，老人家摔下去伤势没有太严重，打上石膏休养一阵也就好了。

我最喜欢面朝外坐在走廊边缘上，看着小小的后院，后院的围墙，围墙外的那排人家，人家的后面是我看不见的光复路，光复路的后面的后面……就是凤山火车站。我知道，从那里，只要上了火车，多远的地方都可以去。

一九五一年摄于凤山。

下雨天不能到外边玩，我就坐在走廊地板上凝视屋檐滴下的雨珠，在泥地上打出整齐的一排小洞。南部常有骤雨，来得迅急，落在泥地上散发出尘土味，是小时的气味记忆中极亲切熟悉的一种气味。

（每当我去日本京都的龙安寺，都会在方丈间前的走廊上，对着枯山水庭院坐上许久。固然那枯山水的禅意耐看，花季时围墙头上的垂樱更是美不胜收；可是让我坐下来就不想走的，还是那份时光久远如前世的隐约记忆：一个小女孩，光着脚丫，坐在日式走廊上，身下的地板干净且微微散发着不久前才抹拭过的潮气，面前是一个庭院，一堵围墙，墙外有一个她的眼睛看不到的世界，可是在她心里，那个世界可以绵延到海角天涯……）

卧室侧旁出去也有一个木板短廊，下去的水泥地小间就是厨房，想来是后来搭建出去的，因为日本式房子回廊之外不该还有房间的。那块卧室与厨房之间的木板地成了我的"浴室"，放只搪瓷澡盆，注进热水兑上冷水，我就在里面洗澡。把通往卧室的纸门拉上，就有了隐私，而朝着厨房这面的纸门就暴露出来了——由于平常是不大见光的一面门，无须用讲究的日式门纸，所以只是糊着报纸；我识字之后，洗澡时就会兴味盎然地读着这些时常更换的"壁报"。

我不拘什么都看，连广告也读得津津有味，因为那里头有太多我不懂的东西，不懂就更显得有趣；通过一知半解的文字，我可以从这安全的小家里，悄悄窥视那个浩大遥远不可知的世界。

"花柳科是做什么的？"我问大人。我只知道爸爸工作的地政科，而花柳科这个名字可比地政科好听太多了。大人板着脸不理睬我。凡是这种时候我就知道问了不该问的，我不会穷追不休，而是放在心里，以后自己去找答案。

厕所在后走廊的尽头，深色的地板总是擦得很干净，角落里还放几颗樟脑丸除味。一个拖鞋形状的蓝花瓷蹲坑，上头盖着一块有把手的木头盖子，也总是干干净净的——妈妈和奶奶都是勤快又爱干净的人。底下虽是茅坑却没有什么强烈的气味，每隔若干天就有"挑粪的"来，用一个长木柄的小桶从外面底下一勺一勺地取走粪便做肥料去。这一切都如此亲切日常，在我见识到抽水马桶这样事物之前，生活中似乎也并没有什么是了不得的污秽不洁。

仰卧在榻榻米上，我常会盯着天花板出神，想象着若是整个房间上下颠倒过来，那一大片白色空荡荡的天花板变成地面，只有中央冒出一条电线上端长着一个电灯泡，该会多有趣哪！我也喜欢弯下身，从两腿之间看出去，世界颠倒过来了，平日熟悉无比的景观顿时变得陌生而新奇，甚至美丽。我发现自己可以在一秒钟里改变眼前的世界，只要换一个看它的方式。

不仅我的第一个家，后来搬到高雄的先后两个家也都是日本式的房子。但只有第一个家保持了日式的原貌，虽然只有半栋而且厨房是搭盖的。后来那两栋即使经过了改装，日式的架构仍在，尤其是玄关、"神间"、隔着纸门相通的卧房、狭而深的浴缸（我们不知该怎么用，只好当作蓄水池），还有小而雅致的庭院。所以我对日本式的房子充满亲切感，每到日本旅行住进和式房间，就像打开一扇日本漫画《小叮当》里的"任意门"，一脚踏进去，时光倒流，返回最初。

一九五二年四岁时摄于凤山警察俱乐部。身上还是那件妈妈织
的绿色毛衣。

信封的背面

除了每天例行的买菜，妈妈很少出门，奶奶更是几乎足不出户，所以我小时从未被单独留在家里。可是妈妈还是不忘给我"在家不可随便开门"的安全教育，方式是"说，唱"：先说一段大坏狼假扮兔子妈妈哄小兔子开门的故事，然后教我唱，以加深印象。于是我学会的第一首儿歌就是"小兔子乖乖"：先压粗嗓子扮坏狼唱"小兔子乖乖，把门儿开开，快点儿开开，我要进来"，接着逼细了嗓子扮聪明的小兔子："不开不开不能开，妈妈没回来，谁也不能开。"我常取笑妈妈五音不全，这首歌是不是被她唱得荒腔走板，由于没有原版可资对照所以不得而知；可是对于我，世上没有一首歌比它更亲切更可爱了。我的儿子们也全都会唱——用他们的美国腔和更加走板的调子。

妈妈喜欢看书，可是能够讲给我听的故事并不多，而且我后来发现沉默寡言的妈妈实在也缺乏口才。同样的几个故事反复听几遍之后我就感到不耐烦了，只想早早学会认字，自己去找故事书看。后来读到有作家提及小时有个很会说故事的妈妈，对他的写作有很大的影响启发云云，我也不怎么羡慕——可能正因为我没有一个会说故事的妈妈，才更促使我去看书的。

不大出门的妈妈偶尔带我上街，是一件很令我兴奋的事，但出门前一定约法三章：不许在店摊前流连，不许指指点点，更不可以开口要东西，违反的话下次就不带出门了。妈妈是很自爱的人，常看到孩子当街哭闹要东西，大人窘怒喝骂的不堪情景，深以为戒。所以我小时对于路边小吃完全没有概念，不要说滋味，连形状气味都只是远远一瞥的模糊印象。即使长大以后堂而皇之地吃夜市路边摊时，都还隐隐有一丝碰触禁忌的快意。

这样严厉的规矩也培养了我的自尊心，见到越是喜欢的东西越要装作不在意，连多瞄一眼都怕被责备。不过爸爸妈妈当然知道我喜欢什么，我的不问不求，他们看在眼里，往往等到过年时就有了回报——当然也只是些买得起的小玩意：漂亮的铅笔盒，精巧的小算盘，卷上发条就可以绕上十几圈的小汽车之类的。再到后来，我就会想要书了。

（许多年后妈妈来美国与我同住，我们最大的乐趣之一就是逛百货店，对着橱窗里的精品评头论足。母女俩经常彼此取笑："嗳，不是说好了不许指指点点的吗？下回不带你出来了！"）

作为一个独生女，爸爸妈妈还加上祖母的宠爱关注，是当时动辄兄弟姊妹三五成群的小朋友羡慕的对象；我却常常感到一种难以言说的忧烦，长大以后才知道那就叫"寂寞"。

"人生识字忧患始"，那是大人世界的不幸；对于童年的我，识字才是寂寞远去、人生快乐的开始。即使识字不多还不能畅所欲读的时候，我已经发现文字的奇妙了——每个字都像一幅图画，对着它看久了，图画会活起来。比方"煮"这个字，总让我听见坐在火上的那个容器里头咕嘟咕嘟地响着，说不定过一会还会冒出热气来。还有"無"字，像个只剩半截屋顶的小屋，底下那四只歪歪斜斜的屋脚尤其好玩。

有些日常的物件在我眼中会像一个字：带着罩子垂挂下来的灯是"合"字，藤竹编制的凳子从侧面看是个"門"字，玻璃窗当然是"田"字……；可是大部分是奇怪的直觉，没有道理可言的：看着妈妈烫衣服，那尖头船形的熨斗不知为什么总让我想起"巫"字，毫无来由的。代表颜色的字在我看来也并不一定就是那个颜色，像"黑"字我总觉得它是深红色的。

还不太会认字看书的时候，无聊起来我见到空白的纸张甚至报纸的边缘，就在上头涂涂抹抹，多半是画人物，尤其是漂亮的女人。大人看到觉得我还有点"画什么像什么"的本事，就特许我使用不要了的信封——裁开来翻个面，就几乎是一整张白纸了，节省点用可以画上好几个全身人像。

画多了也不免乏味，我就想出花样，比方描述事件：记得有一次爸爸因公出差到邻近一处乡下，顺便带着我同行，我乖乖的一路不说话只是把看到的默默记住，回到家就用连环图的方式画了一篇游记。后来我更喜欢替画出的虚构人物编故事，到我五六年级的时候，已经制造出有角色对话、有曲折起伏情节、长达数十页的连环画册了。当然到了那个程度，我使用的纸张早已不是旧信封，而是爸爸从办公室拿回家的作废的公家纸张——所以我的漫画都是只有一面的，另一面是公文纸。

我创作连环画册主要是娱乐自己，并没有想到给别人看。只有少数极要好的朋友看过我的故事。我现在还能记得其中两篇的情节：一个是小孤女努力上进，长大成为成功的女性，遇到一个爱她的好男人，结果那人却出车祸死了，女主角就看破红尘做了修女——真不懂为什么我要加那么个庸俗滥情的悲剧尾巴。另一个故事是一个生长在快乐富有家庭里无忧无虑的女孩，有一天发现后院小屋的阁楼上关了一个神秘的疯女人，而那女人很可能是她的亲生母亲……我不记得结尾了；看起来这两个故事多少都有点《简爱》的影子——可见我是那段时候读到《简爱》的。

编、写、画出的那些故事是属于我自己的一个私密世界，在我一笔一划建构那个世界的时候，寂寞远离，我已经感到无比的快乐——正如日后我沉浸在文字阅读和书写中一样。

收音机年代

在我还没有领略到阅读乐趣的童年早期，收音机大概算得上是我的主要娱乐兼社会教育的工具。那个年代在小镇上收音机也算得上半个奢侈品吧，家中来了客，我那待人极客气的奶奶就要打开"无线电"，而且慷慨地放大音量才是待客之道——就像稍后刚有电视的年代，客人来了一定要打开电视同乐一样。可是比起一道排排坐看电视，一同听收音机的好处在于各人照常活动自如，也不会影响彼此之间的互动，人际关系不会因为那只魔术匣而疏离。

在凤山听的电台是邻近大城高雄的，那时既未注意也弄不清电台的名称，想来若不是"中广"就是"军中"吧，但也有可能是一两个地方电台。对节目和内容完全没有选择的我，最听得入耳的是女声演唱的"国语流行歌曲"，所以自小熟悉喜

我和伴我度过童年岁月的收音机。家中值得摆出来的东西都在这座橱柜里了，橱柜安置在客厅的日式"神间"里。

爱朗朗上口的歌曲，全是靠收音机提供教导出来的。那些歌虽然通俗却不粗俗，有些歌词甚至相当优美典雅。许多年后流行唱卡拉OK时，翻开歌本常会看到些小时候就唱熟的老歌，如见故人。

说来难以相信，连我自己想来都恍惚如梦，因为跟现今眼前的世界差异太大了——当时的电台节目主持人，他们负责选歌放歌是众所周知的事，但可能很少人知道五○年代初期，南部电台的节目主持人很可能自己也是歌手，并兼任广播剧演员。一报出歌名，同一个人当场说唱就唱，没有录音重播那些高科技花样。更难能可贵的是：他们还演广播剧。记得总是那两男两女四位固定的播音员担纲，剧情一般都很简单，四个人也足够了。万一角色多了就一人兼饰二角，扮老扮少都难不倒他们，只是若还需要同龄的角色怎么办呢？最不可思议的解决方法出现了——主要角色说国语，次要角色（多半是反派）说上海话！可见其中至少有一位男播音员和一位女播音员是上海人。

前些年我写了一本关于上海老歌的书，其实是为我的童年的音符寻根。我长大之后才发现，许多五○年代听熟的流行歌曲，原来多半都已经在四○年代就流行在上海滩了。

禁忌的年代里，几乎所有属于"那边的"都是禁止的，都潜沉为悄悄的耳语，带着神秘的魅惑；可是这些歌却大大方方地在收音机里播放着，在附近的中山堂劳军晚会里演唱着，在那些穿着旗袍烫了卷发的时髦阿姨娘娘们口中哼着。我猜想它们是经过某些检查系统过滤后的漏网之鱼，何况时不时就闻说哪首歌禁唱了，过些时又解禁了什么的。那些音符和歌词，神奇地把我的童年与我出生之前，更早先的昔日上海连起来了。

收音机固然热闹，有时却也使人哀愁。就像在夏日漫长的午后，炎炎烈日下万物进入休息状态，似乎我是唯一不甘睡掉夏日时光的人。可是无处可去，无事可做，无人陪我玩。周遭安静得好无聊，只有窗外的蝉鸣，使得漫长的日午更昏沉漫长了。不远处的人家传来收音机的声音，模糊难辨，分不清是国语流行歌曲、台语歌曲、京戏还是歌仔戏，嗡嗡的听不真切，似乎来自遥远的他方，令人焦虑又好奇……

遥远的他方，对我是一种魅惑的召唤——从很小的时候就已经是了。

告别式

　　不知为什么，童年关于季节的记忆几乎全是属于夏日的——童年的夏天似乎漫长得过不完，不上学的夏天日午特别令人忧伤。（即使许多年后人在国外，好几次在某个夏天的日午独坐窗前，当窗外吹过一阵夏日温热的微风，极短的刹那心中竟会无端涌现难以名状但隐隐熟悉的一分忧伤……）

　　有时在蝉声聒噪中躺在榻榻米上盹着了，醒来时汗湿的皮肤粘着草席，胸口有一种无名的郁闷，蝉声不知几时停止了，大气似乎也静止了。我在怔忡中寻觅熟悉亲切的声息，若是听见妈妈在厨房里咚咚地剁肉，我就会快乐起来——想到这是个星期天，大概有客要来，剁碎肉做狮子头，那刀隔着肉泥剁上砧板的声音抚平了我午寐后莫名的忧烦。

　　我知道，过不多久就会有菜香传来，然后客人来了，大人们谈笑风生，寂寞不再。

天黑下来一屋子的灯都打开了，灯下人声笑语不断，美味的菜肴陆续端上桌来，我们平日冷清的小家魔术般变得无比的热闹好玩。记得我家很长一段时间用的都是一口炭炉，后来才进步为煤球炉（可是搬煤球、"续"煤球的手续好烦人），请客时增加一口平时不大用的洋铁煤油炉——当然是因为煤油贵才少用。这样简单的炉灶，竟然可以烧出一道又一道的宴客菜，小时的我视为理所当然，待自己掌厨时才觉得妈妈的本领不可思议。

家中平日的饭菜极为简朴，所以给我留下印象的都是宴客的菜。妈妈最受客人欢迎的拿手菜，在我的记忆里除了滑嫩入味的红烧狮子头之外，还有入口即酥的葱烤鲫鱼，和汁味淋漓的油爆虾等等，几乎都是江浙口味；但我记得她也会腌制四川泡菜、湖南腊肉，甚至用柴火烟熏鸡鸭。

可是小时的我对这些食物并不太放在心上：比手指头大不了多少的小鲫鱼我根本就不爱吃，虾子要剥壳我嫌麻烦。大概是没有过饥饿的体会，加上没有吃零食的习惯，我对食物并不嘴馋；家里请客我就兴奋莫名，为的不是吃，而是人——我对客人更有兴趣。

与我们常来往的人家多半是县政府里的同事，当时的友谊其后竟持续了几十年——一直到我们离开凤山、离开高雄，甚

一九五三年摄于高雄爱河畔。新闻记者三叔的得意之作。

至父亲去世，妈妈与他们的友情依旧。妈妈晚年还常会说起：凤山的那些老朋友，是永远的好朋友。我至今仍然记得那些伯伯叔叔阿姨娘娘们的名字和音容笑貌；他们来自中国的大江南北，但我很容易就熟悉并适应他们各自的口音。伯伯叔叔们结婚时我总是花童的首选，他们的新娘子也很快都成为向妈妈倾诉心事的密友。有一位说台湾话的娘娘，带着一个比我大一两岁的女儿来嫁给一位诚恳忠厚的伯伯，那位伯伯对这个小女孩疼爱到无微不至。很多年之后我才隐约知道，小女孩的爸爸是死于二二八事变的。

家里来客，我总是兴奋过度，跑跳说笑个不停，往往就忘了规矩礼数。大人称这种行为"人来疯"，当着客人面不好说什么，客人一走就会告诫我。我是个听话的小孩，但"人来疯"这个毛病小时怎么也改不掉。客人要走了也有一场闹，我会抱着喜爱的阿姨叔叔的腿不准他们离开。虽然我已经"疯"得很累了，还是舍不得这欢乐时光就此结束。

我想我的爸爸妈妈了解一个孩子深藏的寂寞，所以我这样令他们尴尬的行为，事后并没有受到严厉的责罚。这是贫瘠岁月中的快乐时光，别说是孩子，他们自己想必也是希望这样的时光能够长驻吧。

我们在那个家里住了八年，离开时我十岁，小学五年级。搬家前夕我在围墙脚下的一块砖头上，用粉笔写了几个字：当时的年月日，自己的名字。我实在不太清楚为什么这么做。写在那么隐蔽的地方，当然不期待给人看到；如果是为了他日回来重访旧迹，就该用小刀刻上去——粉笔字迹很快就会消失的。

多年后我想出唯一的解释：那是一个小小的告别式。一个孩子，对她有情感觉知以来的第一个家，连带她的童年岁月，所做的一个简单的告别仪式。写下的虽是寥寥几个字，却是有千言万语已经刻在她的记忆里，留待日后的书写。

第三章　小巷岁月

　　童年的世界原来竟是那么小，但生活在那里面的我，却似乎总是探索不完；就像童年其实只是短短数年的时光，却像悠悠长河。

凤山凤岗路今日的面貌

走出家门

我在那栋小屋里渐渐长大，渐渐认识了邻居们。八年时光在孩子的感觉里可能长得像半生，追忆起来又好似一瞬。那些人家和关于他们的点滴是在八年间累积起来的记忆，有远有近有长有短，但在时间遥远的景深里，远近长短变得不甚分明，我的记忆中他们全在同一个场景里：我的童年。

我家在小巷子里，对面却没有住家，正对着我家大门的是镇上卫生站的后墙——卫生站气派的正门在凤岗路上。奇怪的是我们从不就近去卫生站看病，好像卫生站只是提供打防疫针、种牛痘、卡介苗什么的。感谢爸爸妈妈，我从没有感染过任何可以预防的疫病。

可是我小时候身体很不好，也可能是三位大人对付一个孩子太娇惯我了，动不动就感冒发烧。我一发烧妈妈就怕我会"烧坏脑袋"，总是不顾家用预算的紧张，赶忙雇三轮车带我去一家私人诊所看医生。去了不外打针取药折腾一阵，回到家妈妈耐心哄我吞下一包包难以下咽的药粉，彻夜陪伴看顾我，一遍遍地用她的额头轻触我的额头探试我的体温。在困倦和烧热中我感觉到妈妈靠过来的温柔气息，她微凉的额头，我抓住她的手不肯放开，安心而昏沉地再睡去。

直到我自己做了母亲，才体会到孩子生病对于母亲是多大的负担和折磨；抱着病痛发烧的孩子，做母亲的有如陷身在黑暗的深渊里，那是何等的怖惧啊。"养儿方知父母恩"这句话，我在自己孩子的第一场病中就真正懂得了。

那时的医生都是把几种药丸混在一起磨成粉末，让病家看不出是什么药，然后分成许多小包，下令一天三包吃上好几天。我太痛恨那种粘在喉咙口令人反胃的药粉，有一次毅然卷起袖子要求医生给我打针——我宁可用打针交换吃药。医生大为惊叹，说我是他仅见的不怕打针的小孩。

我看病的次数多了，对戴着形状奇特的白帽子的护士由畏生敬产生好感，一度立志长大做护士。十岁之后我的身体忽然健康起来，不再需要三天两头向医院报到，也就没有贯彻做护士的志愿了。而我始终不怕打针，这点必须归功于那可怕的药粉。

我上的小学——凤山示范国小，大门在曹公路上，从我家抄小路走后门极近，就算听到打上课铃再奔过去也来得及。每天必经的小路口上有一家极小的杂货店，我从门前走过，都会注意到柜台上的一个宽口玻璃瓶，里面装着漂亮的红白相间的糖球；虽然大人从未买给我吃过，但日后在美国看到花色相似的海滩球，还是立即产生甜蜜的联想。爸爸偶尔也会在那家小店买下酒的花生米，装在裁成小片的报纸卷成的圆锥筒里，五毛钱就有足够的一捧了。

示范国小后来搬到高雄县政府的旧址去了，原先的校址变成曹公国小，至今还在。学校搬家是我们离开凤山以后的事了。

上次回台去高雄，我特意回到凤山的童年故地走了一圈，凤岗路六巷当然早已不存在了，我到六巷旧址的六号楼房前为门牌照了张相，感觉就像是几十年才见一面的故人，脑海中存留的总是昔日的容貌，再见就好似过了一生一世，依稀相识，或者竟是完全无法相认了——眼前明明是昔人，对方却变得无从相认，令我心有未甘。于是问一位站在六号附近的女子："有没有一条小巷是可以通到曹公国小后门的？"她有点奇怪地看看我，然后指着前方的十七巷——

这就对了！我小时抄小路上学，就是经过一条有点弯曲的小巷。那么巷口角落那栋楼房就曾经是卖诱人的红白糖球的杂货店了！我走进十七巷像走进时光长廊，顺着弯路几乎到底，果然，小学的后门就在那里——

没有错：长度、方位，都是对的。我找对了路，虽然昔日

上：昔日凤岗路六巷六号，我的第一个家现今的门牌。

下：曹公国小，从前的示范国小，我的第一个学校，校园里的"曹公巨树"。

的一切都已深深埋在路面以下了；我的八年童年岁月里，有四年半是走在这条短短的路上，那些无数的、小小的足迹，也深深埋在记忆的底下了。

曹公国小竟是有点来头的：校址在清代原是凤山县署用地，日据期间改为日本人子弟念的凤山高等小学。光复后先是叫做凤山示范国小，那就是我在五○年代就读时的校名，后来才改为"曹公国小"。

走进我的第一个"母校"，当然跟半个世纪前的模样完全不同了。最奇特的是校园里有一株已经变成凤山一景的"曹公巨树"，被慎重其事地围起来，挂上牌子，绑上红绸。校园里有棵大茄苳树我是记得的，但竟是具有历史价值的百年古树，我和那时的小朋友可是闻所未闻。

那个时光啊，或许有点像是天地混沌初开，事物还未来得及命名……我在时光长廊的彼端窥见的竟是一片异域。

来来来， 来上学

    不知为什么，我一上学就上一年级，跳过了幼稚园；所以五岁就入学的我，一路念上去总是班上年纪最小的。记得第一天上完课，老师交代了作业，我却根本不知是怎么回事。在回家的路上听说明天要交作业，交不出会被罚站，急得大哭。一位好心的高年级女生走过，耐心地告诉了我，还在我的作业本上把那几个注音符号仔细写下，说照着这样每个字写一行就好了。

    我至今还记得这个大姊姊写字时专注又温柔的模样，觉得她是拯救我的天使。她有一只眼睛是瞎的——浑浊的白色，没有眸子，我一点也不觉得那有什么难看。她是我的独眼天使。至于她怎么会知道我班上交代的作业，是我一直没有得知答案的谜。

凤山的小学校没有补习什么的，功课难不倒我，只是作业常令我觉得很无聊。我是个很听话的小孩，尤其听老师的话，以至妈妈常会调侃我："老师的话是圣旨！"可是我终于也有忍无可忍的时候。三年级时有个老师，作业就是叫我们抄书上的课文，一遍遍地抄。我抄得不耐烦到极点，忽然想出一个点子：跳着抄。我先是故意跳过几个字，然后胆大了些漏掉两三句——要紧的是上下文还得念起来通顺，必要时我得加上几个连缀字，所以还是做了点"再创造"的工序的——可见我并不是懒，只是受不了无趣。

作业交上去老师没注意到缩了水，还夸我笔迹工整，给了个"甲"。于是我的胆子渐渐更大了，干脆几行或者整段地跳过去。这下老师再马虎也还是发现了，当着全班把我叫到讲台上，大声念出我的"删节版"课文。同学们笑得前仰后合——显然他们也很喜欢这个简短有创意的课文版本。念到后来连老师自己也忍俊不禁了。

删节的课文念出来为什么会好笑，当时我也说不上来。现在想来，对那时的小学生来说，老师的话是圣旨，教科书就是圣经；课文是要抄、要背、要默写，一字不能改的。忽然听见权威的课文被改得荒腔走板，而且由权威的老师亲口朗诵出来，可能就像在一板正经的大人物肖像上画两撇胡子，或者涂掉眉毛那样的举动吧。

我其实是个脸皮非常薄的小孩，照说被老师叫到讲台上责备，应该觉得窘到极点，哭出来都有可能的。奇怪的是那天我竟泰然自若，并不觉得自己做错了什么，甚至还暗暗有些许得意呢。不过我虽然不是有意调皮捣蛋，回家还是没敢跟大人坦白，此后也不敢再乱改课文了。

为这件事我还是受到了责罚——老师既然把我叫了出来，不罚不足以防范效尤。结果是在全班尚未平息的笑声中，扭了两下我的耳朵，略施薄惩。

后来有了作文课，我的创作力终于找到发挥的正途，可以写我自己想写的话而再不是机械地抄书了。升上高年级之后，若是有老师在讲台上念我的"作品"，那肯定不会是因为我惹了麻烦。

那时的小学生最兴奋的活动，大概就是"远足"了。成年后常听到同辈人形容一件期待盼望的事，用的比喻往往是："就像小学时候远足一样，前一天夜里兴奋得睡不着！"

远足何以有那么大的魅力？可以出门玩，在那个娱乐匮乏的年代当然是件大事。还有就是家长们通常会为小孩准备些特别一点的吃食，有点闲钱的人家甚至会给孩子少许零用钱；口袋里有几毛钱买根枝仔冰的同学，这时就成为大家欣羡的对象了。

但是对于小时的我，远足最可爱之处，是平日熟悉的人在远足时的微妙变化：讲台上严肃的老师出了校门，即使没有变一个人也跟平日不太相像了——我们看到老师平易近人的一面，好像一个习见的面具取下来，底下的真面目竟是和蔼可亲的。连同学都不大一样了：到了校外，羞怯的同学变得比在教室里轻松活泼得多，调皮捣蛋的家伙似乎也不那么讨厌了。远足的快乐气氛带出了大家最好的一面。

我保存一张二年级上学期全班到大贝湖（后来改名澄清湖）远足的合照照片。照片里的同学，居然还有六七个我叫得出名字的，至少有三四个我还记得他们的姓。女老师名叫杨静，一二年级都是她教，我非常喜欢她。多年后看小津安二郎五〇年代的电影，里面穿西式衣裙、秀丽端庄的办公室女职员，就会想到杨老师和其他几位爸爸工作单位里的年轻阿姨。

一九五四年，小学二年级，大贝湖远足全班合影。后排左方那位美丽的女士就是
导师杨静。我是前排左起第六人。

大貝湖留影留念
43.11.20.

赤脚的同学

　　我上学之后学会的第一首歌是"卫生十大信条"："亲爱小朋友们，大家要讲卫生，卫生十大信条，条条要遵循。卫生第一条，洗手记得牢，饭前大小便后，一定要洗净。"然后第二第三一直唱到第十条。小朋友的记忆力实在厉害，老师没有教上多少遍，全班就朗朗上口地唱了；不但十大信条一条不缺，而且表演似的比手划脚连唱带做。每天早上唱一回，老师利用这段时间顺便检查大家的手是不是洗干净了。

　　不过那个年代小学生的健康有两大公敌，一在头上，一在腹中，十大信条却好像没有提到。

　　头上的是头虱，小学里的男生多半是剃光头的，所以长头虱可说是女生的专利。我看过有同学一头白色虫卵的恐怖景象，知道长头虱的可怕，一直很小心不去靠近有头虱嫌疑的人。可是到了四年级时老师安排座位，我不幸被排到一个长了头虱却没有声张的女生旁边，很快就被她传到了。待我觉得不对劲时为时已晚，妈妈和奶奶紧张极了，如临大敌。我被喷了一头气味难闻之极的杀虫粉，然后把头发密不透风地包起来"焐"上一两天；打开来洗头时，水盆里浮着许多小小的黑点。头虱的灾难总算过去了，从此也没有再犯。

后来读到张爱玲对虱子跳蚤的恐惧，我心想：幸好她不曾生活在我小时候的那种环境；不然若也免不了长了一头虱子，即使清除干净了，恐怕终其一生还是时时刻刻会怀疑头发里还有残存的头虱，久而久之岂不是要精神崩溃！

小朋友还有很难幸免的另一害是寄生虫。有句比喻猜不出对方心思的俗话说："我又不是你肚里的蛔虫。"可见肚子里有蛔虫曾经是很普遍的事。小孩若是饮食正常但面黄肌瘦，加上肚子圆滚滚的，大人就知道一定是长了寄生虫，吃两帖打虫药就药到虫除了。最受欢迎的打虫药叫"宝塔糖"，形状酷似抽水马桶发明前人们熟悉的那个"身外之物"，实在很具幽默感，而聪明的商家竟替它取了个那么好听的名字。这个药有色彩也有甜味，硬硬的一块咬起来是有点像糖果，有时候公家卫生机构会分发给民众，因此吃不起零食的小孩就要来当糖吃，说不定还顺便打下几条虫呢。

课本上都有寄生虫的图，什么蛔虫绦虫钩虫蛲虫，看久了好像也没有什么可怕的。倒是有时药效太好，路边水沟旁就有小孩蹲在那里拉出长长的蛔虫，源源不绝，看在今天的孩子眼中绝对是恐怖奇观，可是那时谁也不会大惊小怪。那个年代的人对于自己的身体，好像比较没有像现在这么隔膜，也没有这么多禁忌。

早年镇上的孩子们打赤脚的比穿鞋的多，我上小学低年级时男生多半是赤脚的。班上有个相貌堂堂的男孩功课极好，总是做级长，从没见他穿过鞋，而且衣服都有破洞。我对他印象非常好，但有同学告诉我他很讨厌我，因为老师问问题时我总是跟他抢着回答，他觉得被一个女生抢了先很没面子。我听了觉得很委屈，但也无法跟他解释我并非故意跟他过不去。后来这个名叫蔡春发的男生去了哪里我一无所知，但想到他时不免好奇——这样一个聪明要强的男孩，长大以后在做什么？

小学里要到高年级才男女分班，中低年级男女生虽然同班却是互不讲话的。教室里两个人共一张课桌，若是一个男生和一个女生同桌就麻烦了：中间一定用粉笔划一条线，手肘一不小心越过楚河汉界，隔壁一个巴掌或者一把尺就"嗖"地打过来。若是哪个男生对女生态度好一点，会被起哄说他"爱女生"就伤脑筋了，要是被写到墙上"某某某爱女生"，那简直是奇耻大辱。

只有一回，坐我旁边一个姓魏的男孩胆子够大，不但不跟我计较楚河汉界，还时不时送我一支铅笔或一个彩色的橡皮擦之类的小礼物。我虽然很感动但实在没办法喜欢上他，因为他总是拖着两条鼻涕。

我对班上一个姓卢的小男孩很有好感。他总是穿着干净笔挺的白衬衫，坐得笔直地听课，黑漆漆的眼睛长长的睫毛，小脸上一副聪明又认真的模样，虽然个头小却比其他男孩看起来成熟。许多年以后，我大学快毕业那年竟然在台大遇见他——我们一定是班上仅有的两个上台大的。岁月把当年那个小男孩完全变成了另一个人，要不是记得他的名字，我是绝对认不出他了。

除了这个男生和另一个女生，我对小镇上那间小学班上同学的下落全都一无所知。那位女生家里开碾米厂，家道殷富，是地方上的望族，住的是镇上少见的一栋巴洛克式的洋楼。我很喜欢站在她家二楼的阳台上，俯视曹公路上往来的车辆行人。后来她通学到高雄上中学，而我家也在我十岁那年搬到高雄，我们在高雄女中重逢又成了好友。

每当听到有人夸耀哪个大官名流是他的小时班上同学，我就想到我的小学同学们。他们似乎都没有那么风光，也许是小镇没有给赤脚的他们那些条件和机会。但我相信他们后来一定都穿上了球鞋、皮鞋，默默地生活，工作，结婚生子；或许偶尔也回想到他们的童年岁月——不知有没有人还记得一个梳着两条辫子，脸很白，话不多但爱笑的小女孩？

伊是哪里人？

因为家里大人管得严，除了邻居，同学家很少让我去，常去的一两家都是熟知的人家。一方面当然为着安全起见，另一方面是觉得我这孩子人老实，在外面容易受欺负。我最感委屈的是每当受到欺负回家哭诉，妈妈奶奶不但不会替我出头评理，反而一定先给我一次训话——她俩都是谦让为怀的传统女性，在我看来简直谦让得过了头。我若跟小朋友发生冲突，即使不讲理的是对方，妈妈奶奶也会说："想想看，你一定也有不对的地方，人家才要这么对你呀。以后要记住了！"她们的耳提面命养成我事事避免正面冲突的个性，到了美国这个人人都该为自己的权益据理力争的地方，我花了很长的时间，非常吃力地试着改变自己。

常去串门子的都是那几家，尤其是碾米场的那个同学。但有一次不知为什么，我独自去了一个并不熟的女生家，很远，好像在田地里，进了屋里竟然还是泥巴地。她的母亲指着我用台语问她："伊系中国人？"我感到纳闷：谁不是呢？

对于省籍这方面我一直很迟钝，有一回跟一个同学拌嘴，她词穷了就骂我"中国猪"，我也一样纳闷：骂人是猪可以理解，但加上中国两字岂非多余？那是我童年仅有的两回遭遇，被触及了那个年代敏感的禁区，可是当时的我完全浑然不觉，因为我自己从来没有用省籍去区分周遭的人。"籍贯"只有在填表时才用得到，我被指定要填"安徽"两字，可是不仅我没到过那里，连我的爸爸妈妈都不是安徽出生的。

我们家吃的米是单位配给的，通常由县政府的两位工友轮流骑车送来。妈妈奶奶总是招呼他们喝口茶休息一会，他们也都乐意坐下来歇歇，到后来更是没有拘束地像朋友般聊起天来——虽然奶奶的乡音对他们可能并不好懂。

年轻的一位工友姓陈，人又勤快态度又好，圆圆的脸上总带着笑；妈妈奶奶都当他是小孩，对他很亲切照顾。后来他结婚时我们已搬到高雄，他还邀请我们全家去喝喜酒——在他的热情力邀之下连难得出门的奶奶都去了；到了他的家宅，我们才知道这小工友来自高雄乡下有很多土地的大家族，竟是位小地主呢。

另外一个年纪大些的工友是大陆北方人，长着一张端正的国字脸，说一口漂亮的卷舌国语，个子高大器宇不凡，连姓都有派头：岳。他会唱京戏，在附近的中山堂票戏时我们去捧场，唱的是什么剧目我不清楚，但是知道舞台上的他是位大将军。明亮的灯光打在他的戏服上，国字脸红彤彤的，威风凛凛气派十足，令我心中充满敬意。以后再看到他送米来，总觉得不再是同一个人了。

许多年后我回想这两位小时曾经熟悉的人，才感到自己对他们其实一无所知，因而更好奇他们后来的人生际遇。运用一点想象力，陈姓少年结婚生子之后，赶上台湾经济起飞，他的土地家产加上几年在政府机关工作的历练，以及更重要的——他乐观的态度和勤奋的个性，使得他在若干年后打拼出了自己的家族事业。在富裕的后半段人生里，他或许偶尔会回想到父母亲送他去做小工友的日子，也或许还记得有个外省家庭的老奶奶，她的口音不是很容易听得懂，但她的亲切慈祥他是始终记住的。

而那位姓岳的工友，他让幼小的我初次体会到舞台的魅力：从办公室的杂役摇身变为将军，而且印象未曾轻易磨灭。以他的相貌气质，还有会唱戏这些特色看来，他的家世出身可能不是寒微人家。三十年后台湾允许来自大陆的人回乡探亲，他会是第一批上路的归人吧？那时他已是六七十岁的垂暮之年，返乡之旅可有令他断肠？我多么想知道啊。

我始终暗暗好奇刚开始上学，初初接触外面的世界时，自己是怎样说话的。可惜我小时没有录音录影那些玩意，否则我就可以听出自己刚上学时生硬地学说"国语"的腔调，一定十分可笑——不过没有人取笑过我，我想那间小学里有许多大陆来的师生，南腔北调丰富异常，谁也不会取笑谁吧。而且那段学习和适应的期间一定很短，因为我自己的小孩上托儿所之前都只会说中文，一上了学不消多久英语就朗朗上口了。

　　在家里说的话，也就是我的母语，"妈妈的舌头"，据我后来分析，当是混合了南京话、杭州话、上海话以及其他待考的江南方言，是我那住过这些地方但一样也没学得道地的妈妈独创的语调，足以考倒任何一位方言专家。我们母女对话时，常被不经意听到的人好奇询问这是什么话，我和妈妈答不出，只能窘笑。

　　妈妈去世之后，这全世界独一无二的语言就此失传。我再也不会跟任何人用我的"母语"说话了。

　　在学校里我也学会了台语，带着南部腔，后来到台北就给人听出是从南部来的。

左邻右舍

隔着我家侧面的小巷有一栋比较大的房子，里面住着好几位我那小学的老师——全是男的，全是外省人，所以大概是给在台湾没有家的单身男老师住的宿舍。

其中有一位老师胖胖的非常和善，很喜欢我，见到我常会笑眯眯地弯下身来把我抱举起来。这时我家大人就会显得忧心忡忡，因为这位老师有精神病，每过一段时候就会发作一场。他发作时不会伤人，只是慷慨激昂地吼骂，对象都是共产党。内容很简单，就是反复痛骂"共匪"万恶，要"杀猪拔毛"，等等。骂时嗓门奇大，声震四邻，在宿舍发作时从我家里也听得见。

他在学校里也偶然会发作，大家见怪不怪，知道不必理会，过一阵就好了。可是有顽皮的高年级男生，发现他对某些问话异常敏感，只要故意问他"你是不是共匪"或者说"你是朱毛"之类的撩逗，就会导致他发作，就像逗弄关在笼中的兽激它发怒。此举似乎屡试不爽，在无聊的生活里，变成某些小孩子既刺激又残忍的游戏。

我当时只知替那老师难过，因为平时的他实在是个和气的好人；后来回想他怒吼的神情和话语，在愤怒之外似乎更是一种为了保护自己而作出的急切强烈的表白。我永远无从知道这个可怜的人有过怎样的遭遇，他的身体和精神受过怎样的折磨。

有时学校教室不够分配，或者是要修理教室，几位住在隔壁的老师，就叫全班学生带着小板凳，移师到他宿舍的院子里或大门前的空地上课。每当这时我就乐坏了——等于是在自己家上学哪！我得意极了，每当下课就故意回家喝水，让同学们羡慕不置。

有一位年轻男老师，瘦瘦的很清秀，听口音是福州人，四年级时教过我们国语课。忽然有一天他就不见了。同学间兴奋地互传耳语，有人说老师做坏事被抓起来了，立刻被厉声反驳，说老师是好人怎么可能做坏事？又有同学说报上登的有人冒充警察被逮到，就是老师，这个说法遭到更激烈的驳斥。后来有个同学说："老师说不定是匪谍哦！"忽然之间，所有的人都沉默了，教室里一片寂静，连驳斥最力的两三个都没有反应了。

就在大家胡思乱想的话题差不多用尽时，有一天老师又出现了，就跟他的失踪一样突然。那天代课老师叫大家到宿舍的院子里上课，却见他走过来缓缓坐到凳子上，惊讶使得我有些手足无措，竟然忘记应该感到高兴才对。他看起来很疲倦，但是郑重而带点焦虑地反复对大家说："老师没有做不对的事，你们无论听到什么都不要相信。你们一定要相信老师。"他说那些话的口气跟平常教书讲话很不一样，不像是对孩子，而像是把我们当成大人，慎重得几乎带着些恳求的意味，所以我记得格外清楚。

　　后来我见闻过更多这类突然失踪的事，在那个年代十分寻常。比照其他案例，我的猜测是那位老师涉及的极可能是政治事件，但他是个全然无关的角色，问了几天话才会给放出来，没有成为宁枉毋纵政策下的倒楣鬼。

　　后头巷子的人家比较好玩，正对着我们后院的一家有五个小孩，三个比我大两个比我小，对我这个独生女来说那家简直是儿童乐园，一去就不想回家。到了吃饭的时候，妈妈或奶奶就会在后走廊隔着我家后院、围墙、他们家前面的小巷和前门唤我回家——可见每户人家的住宅有多小，住得多贴近——还有，那个年头周遭有多安静。

　　我只跟他们家的两个女孩和最小的男孩玩；第二个男孩比我大三四岁吧，当时根本玩不到一起。后来我家搬到高雄，他家搬去台北，进了大学我们才又遇见。许多年后来到美国，再度重逢交成朋友时，这位老邻居已经是个设计制造小型商务飞机的专家了。他可以算是左邻右舍里至今我唯一知道下落的人。

他们家右邻住着一个单身汉，一副好听的男中音嗓子，爱唱改编自西洋歌曲的流行歌，拿手歌是《大江东去》——原是电影*River of No Return*的主题曲。每当唱到近似英语发音的"为了你"，声震四邻，奶奶就称他为"喂啦立"。"喂啦立"在我模糊的印象里似乎个子高高的，长得也有点像个外国人。

后面人家的左邻是一对年轻夫妻，新婚不久还没有小孩，那个漂亮的阿姨很喜欢我，常要我到他们家里玩。没有小孩的人家总是显得干净整齐些，铺得平坦妥帖的双人大床，床头挂着新娘头披白纱手捧花束的美丽照片，令我百看不厌。黄昏时分夫妻俩常在巷口空旷处打羽毛球，附近的孩子们羡慕地旁观，是那时少见的时尚模范夫妻。即使年幼的我，也曾暗暗而模糊地向往过那样优雅、活泼又时髦的生活方式。

老师宿舍再往里去就是巷子尽头，挡着一堵高墙，再没有人家了。印象中那里树荫茂密杂草丛生，阴森森的，大白天也透不进日光；地上满是腐烂的枯叶，底下不知潜伏着什么东西。其实也不过几步路之遥，可是不须大人嘱咐，我从来不曾过去仔细探险过。同学中总有一两个爱讲鬼故事吓人的，不是哪棵树上吊死过人就是哪间公厕里出现过鬼，我胆小偏又爱听，听完了就觉得周遭鬼影幢幢，哪里还有胆量去探索巷子尽头的神秘角落呢。

后来我才发现：小巷尽头那堵好像崇岩壁垒般的高墙，其实只不过是同学家碾米厂的后墙而已。米厂占地太大，大门又在曹公路上，毫无方向观念的我，怎会想到我常要绕一大圈去玩的同学家，后墙会紧邻我家巷子呢。

童年的世界原来竟是那么小，但生活在那里面的我，却似乎总是探索不完；就像童年其实只是短短数年的时光，却像悠悠长河。

养女阿宽

　　我们与隔壁人家其实住在同一屋顶下，中间只有一墙之隔，鸡犬相闻，却始终未相往来。那家人非常安静，很少听到声响，除了冬天夜晚那家有气喘病的妈妈"吼，吼"的气喘声；还有后来他们的养女生了个私生子，婴孩半夜凄厉的啼哭。

　　那家的男人也在县政府做事，巷口遇见我的爸爸却只是非常冷淡勉强地点点头，从不停下来说话。女人似乎常年从不出门，我对她的长相完全没有印象。他们有个上高中的大儿子，高高瘦瘦的，制服的大盘帽底下是张灰灰尖尖的脸；每天背个书包早出晚归，从不理人。那家的小女孩年龄跟我差不多，我却弄不清她到底上几年级，因为不记得在学校里看见过她，她也从不出来跟邻居孩子们玩。只有他们家那个异常矮小的养女很活泼，见到谁都笑嘻嘻地打招呼。

养女的名字据说叫阿宽，但究竟是不是那个"宽"字其实我并不确定，因为阿宽不识字，说不清她的名字怎么写，我只好选个发音最相近的字了。人家说她是个"养女"，我们家的大人也不甚清楚——由于习俗不同，我们并不太懂台湾的养女和大陆的童养媳的分别。我的奶奶摔断了肩膀的那一阵，妈妈忙不过来，就近雇了阿宽来帮做些家事，从此就熟络了。后来每过一阵，阿宽就会来做点擦地之类的粗活，奶奶总夸她擦榻榻米特别干净。

对于周遭的人，我都可以分成大人或小孩两种人。可是阿宽很难归类。她应该是属于大人那边的，因为她不上学，也出来做大人的事情。可是她的个子比大多数的孩子高不了多少，只是宽很多，阿宽这个名字对她简直是再适合也没有的。虽然我们小孩把她归类为大人，但她对小孩非常和气友善，还会常常对我们的游戏和玩具显出很大的兴趣。在我家跟我的妈妈奶奶聊天时，总会表示对我的羡慕，说我好命，有玩具可以玩，还可以上学。我心想，不是大家都这样吗？

阿宽后来肚子渐渐大了起来。我发现她不是胖，而是像那些做过新娘之后不久的阿姨娘娘们一样，快要生娃娃了那样的大法。我非常纳闷：从来没看过阿宽披白纱捧花做新娘，怎么会生孩子呢？（至于为什么披白纱捧花做新娘之后不久就会有娃娃，是我曾经非常好奇却又不敢问的重大疑问，一度甚至对那美丽的婚纱产生过莫名的恐惧。）

但阿宽还是那么友善，在巷子口遇到还是一样亲切地跟我打招呼。邻近一个年纪比我大些的女孩见她走过，便对我说："你怎么还理她？她不要脸。"我听了莫名其妙，我一直把和善的阿宽当成我的朋友，朋友会大肚子是有点奇怪，但怎会是"不要脸"呢？在我们小朋友的圈子里，用国语骂人"不要脸"和用台语骂人"没见笑"都是很严重的。

"她没有结婚就要生小孩，"那个大女孩向我权威地解释，"所以她不要脸。"

阿宽生了个儿子。每个小孩都有个爸爸，我却一直不曾弄清楚谁是娃娃的爸爸，家中大人当然不准我过问这种事。阿宽对儿子非常宝贝，总是把他裹得一层一层严严实实地背在背上，来我家做事时也一样。做完事在后走廊坐下来，把孩子也解下来，我就有机会看到她的儿子。那是我所见过最瘦弱最不讨喜的娃娃，脸灰灰尖尖的，有点像只小老鼠。但阿宽显然非常宠爱他，还带他到照相馆照了张相，很郑重地送给了我们一张。

不久之后有几个夜晚，听见隔壁娃娃哭得非常厉害。阿宽白天抱着孩子过来时，我看到她喂孩子喝一种气味很难闻的草药。妈妈劝她带孩子去看医生吧，阿宽没说什么，又抱着孩子忧愁地走了。夜里再听到孩子微弱的啼哭，奶奶叹气道："阿宽的小孩恐怕不行了。"

果然过没两天，就听说阿宽的儿子死了。

阿宽整个人瘦了一圈，来我们家时很沉默，再也不像过去的有说有笑了。后来她离开了隔壁人家，可能跟妈妈奶奶打过招呼，但没有跟我道别。在我们几乎忘了她这人时，有一天收到一封寄自台北的信，信封上写的收件人名字念起来有点像我的，但没有一个字是对的。读了那封显然是托人代写的信，我们推测是阿宽。信里说她很好，在台北一家照相馆里打工，谢谢我的妈妈和奶奶照顾她。我却不记得信后面的署名是什么了，所以我还是不知道阿宽的名字。

　　好几年后整理旧照片，发现一张黑白小照片上一个瘦小的婴儿，张大着两只空洞无神的眼睛，大人都记不起来这是谁家的小孩。我却是记得的，一个也是没有名字的小孩。

鸡兔同笼

五〇年代的小镇，街上牛车处处可见，调皮胆大些的孩子喜欢从牛车后头攀上去搭一段顺风车，若是车上载的有甘蔗或者凤梨心（制造凤梨罐头剩下不要的中间部分），就顺手牵羊拿几根，有时大方地分给路边的孩子，我当然只有远远看着暗暗羡慕的份。

拉车的都是黄牛，我觉得它们真是非常温柔的动物，虽然个头那么大，胆小的我走过它们身边一点也不怕。常见到牛拉着沉重的载物，走得极为艰难，口吐白沫，赶车的人却凶狠地鞭打它，我见了心里非常难过，总是快步走开，那难过的情绪要过很久才会慢慢平复。

家中后院养了一群鸡和两只兔子，每天下午在母鸡兴奋的咯咯叫声中找拾鸡蛋是我最愉快的差事，虽然有时得爬到走廊地板底下去寻蛋——那个低狭的空间只有小孩子进得去，里面全是蛛网灰尘。拾到了温热的鸡蛋颇有寻到宝藏的成就感，把蛋交给奶奶，她就小心翼翼地用铅笔在蛋壳写上日期——吃的时候有日期作准，不会把蛋搁得太久。有的蛋被放回窝里让母鸡去孵小鸡，我就更开心了，兴奋地期待一只只黄绒绒的可爱小鸡啄破蛋壳出来。

我喜欢撒米喂鸡，看它们脖子一伸一伸，迅速而准确地啄食米粒觉得很有趣。鸡们大多是普通的芦花鸡，但有一两只听大人说叫做"洛岛红"，不知为什么我觉得这个名字好听，就记住了。直到很多年以后才偶然得知"洛岛"其实是美国的罗德岛州Rhode Island，而我终于去到"洛岛"探望一位朋友，竟是半个世纪之后的事了。

每个人家的鸡都是养来吃的，虽然我们养鸡养出了近乎宠物的感情，来了客人或到了年节总是要宰鸡的。妈妈不敢杀鸡，这类大事好像都是请阿宽来执行，阿宽离开以后就请那两位熟识的县政府的工友帮忙。我知道杀鸡是一桩很残酷的事，可又是家家户户都在做的再平常不过的事。我只能把养鸡、杀鸡和饭桌上的鸡肉当成三件完全不相干的没有关联的事物，否则对一个小孩恐怕是难以承受的。

至于为什么养兔子，则是我始终没有弄明白的事，猜想可能是人家送的。我也喜欢喂兔子，看它们吃东西时上唇一掀一掀的好玩极了，尤其感谢它们可以吃掉我最痛恨的胡萝卜。兔子似乎很聪明，常会从围墙下钻了洞跑出去，给附近的人看到了都知道是我家的，三天两头就有邻居拎着兔子的耳朵来敲门："这是你们家的兔子吧？"

路不拾遗的是邻居们，外面的世界还是有宵小的。我家的围墙比人高，可是有一个夜里，有人翻墙进了院子，把爸爸的脚踏车偷走了——可见墙外还有至少一名接应的伙伴。"单车失窃记"在那个年代，其严重性绝不下于今天汽车被偷——而且当然没有保赔。后来爸爸是怎样省吃俭用才再买了一辆车，我就没有印象了。

还有一次快过年了，妈妈腌了好些串腊肉，挂在院子里晾衣服的竹竿上风干。侧院很窄，竹竿的一头正好搭在侧面小巷的那堵墙头上。有一天早晨起来，竹竿还搭在那儿，可是光溜溜的——腊肉全给偷走了！大人们只好自我解嘲：有家人可以过个肥年了。

有一段时候学校里流行养蚕，因为有老师认为这是很好的自然课程教育，学生可以通过实地的养蚕经验学到动物蜕变的过程。于是那阵子几乎人手一个纸盒，盒盖上打了通气孔，盒子里是几条珍贵的"蚕宝宝"。

开头几天蚕宝宝长得很快，小朋友们都很兴奋。可是难题接着出现了：小蚕的食量惊人，需要不停地喂桑叶，还得是干干净净没有沾水的嫩叶。一个不对，蚕宝宝就毫不客气地死掉了——僵死的蚕实在是很难看的东西。每天早上教室里总会有个眼泪汪汪的女生宣告她的蚕宝宝死光了。

桑叶的来源有限，一个女同学家有一棵桑树，这下她忽然变成全校最受巴结的人物，我也无法免俗地向她低声下气——蚕宝宝饿的时候抬着头乞食的模样多令人心疼啊！有一晚我已经跟爸爸妈妈站在电影院门口了，等着进场看迪士尼的七彩卡通《小飞侠》，却眼泪汪汪地吵着要回家——喂蚕！

三十年后，我才终于在美国看成了这部小时错过的电影《小飞侠》。

那时家里也养过猫，可能养来担任捉老鼠的任务大过作为宠物——那个年代根本没有"宠物"这个词。结果我不记得那只猫是否抓过老鼠，却成了我的小玩伴。天冷的时候，我做功课，猫咪蜷在我膝上打呼噜，非常温馨。可是后来妈妈和奶奶发现猫爪子把家具抓得伤痕累累，身上的跳蚤也把我咬得斑斑点点，于是我听见她们窃窃商议把猫"放走"。我抗议也无效。

有一天放学回家猫不见了，我明白发生了什么事。我还知道，正是那个年轻的陈姓工友骑车把猫载到很远的地方扔掉的；猫咪再怎么聪明，这么远的路是不会找回来的了。我心里难受，但什么也没说，自尊心也不许我开口再说什么。

大人先还怕我哭闹，暗中对我察言观色，见我毫无动静便彼此悄悄说："猫不见了连问也不问一声，小孩子心还真狠呢！"大人竟是如此不了解我而且无可理喻，使我灰心。

　　童年有一个灰色地带，那里既不全是孩子的，也不全是成人的；那是一个令我感到孤独的地方，在那里自己不属于任何一边。我住在一个孩子的身体里，用着好奇、无知却敏感的眼睛注视成人的世界——那里我走不进去，渴望却又畏惧有一天我必将走进去。

第四章　凤岗路外

这样的领悟，让我在离开童年国度的路途上又踏出了一步；但我还毫无所知：那巨大莫测的成人的世界朝向我又逼近了一步……

一九五三年摄于高雄爱河边。

错过的电影

小镇上有两家戏院：凤山戏院和大山戏院。我的早年电影教育就是在那里完成的。据说那个年代乡下的电影院里有所谓"辩士"，就是演外国片时，一个人站在银幕旁边，为观众解说剧情；可是我从未遇到过这号人物，大概凤山已经够先进，观众看字幕并无困难，不需要加油添醋的解说了。

不过另一个早年电影院的特点倒是很普遍的，就是"观众外找"。银幕右侧一个直长的框框，时不时用幻灯打出"某某外找"字样。小镇上人口不多，很多人彼此相识，有时就会发现熟人的大名赫然在上。日子久了，还会发现有的名字很眼熟，大概是个标准影迷——偏又没有闲暇可以不受干扰地享受电影。

看电影是小镇生活的重要娱乐。看电影的乐趣从报纸广告开始——影片的名字很重要，同样重要的是主演的明星；有图片参考最好，还有就是耸人听闻的形容词句，寥寥几个字就会让你相信不看一定遗憾终生。我一直觉得写那些广告词的人真是天才。

每年到了十月卅一号"总统华诞"那天，电影广告就变得很奇怪，很多片名忽然不一样了：凡是不好的字眼像"鬼"、"死"、"杀"之类的都不见了；连一部洋片《月落大地》也变成"大地"，第二天才又变回原名。

妈妈带我看"国片"，多半是香港国语片，要不了多久我对那些港星就如数家珍了；当那些妈妈阿姨娘娘们聚在一道，七嘴八舌谈起白光李丽华林黛尤敏葛兰时，我也能在旁插得上嘴。

还记得第一次在银幕上看到尤敏，简直惊为天人。那是一部预告片——她的第一部电影《玉女怀春》。这部电影不知为什么，结果没有上映，可是预告片的那几个惊鸿一瞥的镜头，已经令我念念不忘了。她明眸皓齿的清纯中带着未经修饰的娇媚，正是一个五六岁的小女孩能够欣赏并且羡慕的那种美。我做了她的忠实影迷好几年，直到我觉得叶枫万种风情的迷人犹胜尤敏时，我想我是长大了。

爸爸带我看外国片——其实也就是美国片，其他国家的根本没有。当然，日本片是有的，可是经过抗战的苦难，爸爸妈妈是绝对不会对任何跟日本有关的事物产生兴趣的——他们却没有选择地住进日本式的房子，那份无奈真是难以想象。不过有时还是会看到日本电影的预告片，我还清楚地记得《请问芳名》男女主角在桥上相见的一幕。后来知道那是"三部曲"的电影，出品于一九五三至五四年间，主角是岸惠子和佐田启二。还有《金色夜叉》，小时顾名思义，一直以为那是一部鬼电影，暗暗好奇了很久：金色的鬼该是多么华丽，还会吓人吗？

　　印象深刻的美国片是《原野奇侠》（Shane）。一九五三年的电影，起码两年之后才会在小镇上放映。我从此才知道所谓西部片竟然可以这么好看，并且相信男主角亚伦赖德是最英俊的男明星。散场后我和爸爸从电影院出来，两个人都没有说什么话。我把小手放在爸爸外衣的口袋里，他轻哼着电影的主题曲，我们慢慢走回家，路灯把我们一大一小的影子拉得长长的。

　　《原野奇侠》里那不时出现的壮丽的大涤荡山Grand Teton，却是将近半个世纪之后，我在黄石公园之旅才亲眼目睹到的。

　　我们常要跟戏院老板玩一个心理游戏：广告上说"最后一天"，多半可以置之不理，知道明天一定会出现"观众要求，再延一天"；到了"铁定最后一天，绝不再延"时才当真。可是我们也有失算的时候，"最后一天"竟然真的是最后一天，错过了，以后就永永远远、生生世世再也看不到那部电影了！有一次为了赶回家喂我的"蚕宝宝"，错过了迪士尼卡通片《小飞侠》，待看到时已是在三十年后的美国——果真是另一个时空、另一段人生了。

童年的我对"遗憾"的深刻体会，就是从错过的电影感受到的。

如果那时有先知告诉我：在未来的世界里，我们可以在任何时候，想看任何新的旧的中的洋的电影，都可以用一个碗口大小、又轻又薄的金属片在家里看，甚至连那张金属片都不需要就可以通过一片薄板在自家的墙上看……我想我对这种神奇事迹的兴奋期待，当会远超过对任何其他重要伟大的科技发明。

远方的战争

　　五〇年代初台海上空屡有战况，所以常有空袭警报——当然很多时候并非真的有情况而只是虚惊或者演习。可是经历过抗战的爸爸妈妈，对空袭警报一定有难以磨灭的伤痛记忆吧。

　　警报真是世上最难听的声音。那从低渐渐抽高，间或还会扭曲起伏的呜——呜——呜——的鸣声，至今想起来便似乎犹在耳边，虽然没有过轰炸的经验，还是恐怖不祥的声音。有时半夜被大人摇醒，朦胧中听到警报声响，却不记得真的有躲进防空洞，可见几乎全是所谓的"演习"。

　　学校附近防空洞还是有的，却都是污脏长满杂草的地方。我在凤山也有一个干爸，他家后院里就有个防空壕，水泥砌成的直立筒状，筒壁上一排口形铁踏梯兼把手，让人从地面入口爬下去；底下积着污水和枯叶，就算直立大概也只能站上四五个人。我下去探险过，更怕有真的警报了——空袭时要躲到那样的地方多可怕呀。

有时在学校里，空袭警报响了，校方一定知道只是演习，就叫小朋友们回家去。平日放学都有一套规矩的：每个班级要按次序排好队，然后唱《放学歌》；孩子们像关了一天的猴子一样，心急火燎地等不及要离开，嘴里乱七八糟地唱"功课完毕，要回家去，先生同学，大家再会了……"，脚下焦躁地原地踏步，等唱到"明朝会，好朋友"时要边唱边互相鞠躬，更是磕磕碰碰地乱成一团；终于等到老师哨子"哔"的一声，大伙推推挤挤鱼贯走向校门，一出校门口，几乎个个争先恐后拔足飞奔……

只有空袭演习的临时放学不须这番阵仗，草草放人。但我更是心焦，总是匆匆往家里奔。虽然住得近还是担心：要是真的怎么办？敌机轰炸怎么办？会不会我不在家的时候，我的家已经被轰炸了，烧火了，妈妈奶奶都不见了？想到这里我的心狂跳起来。进了巷子口，看到家安然无恙地在那里，真是快乐极了！

我清楚地记得有一次，空袭警报还呜呜地响着，我收拾了书包从学校后门出来，看见一个人横躺在路边地上——也许并不是地上而是席子还是木板什么的，我匆匆的一眼来不及看清他的身下，但是我看见他侧躺的姿势：脸朝外，头枕在一只

摄于凤山，"国父"铜像下。

手臂上，姿态很闲适，眼睛却闭着，似乎在熟睡。我觉得不可思议：这样吵闹的警报声中，这个人竟然可以在路边侧躺着睡觉！我的脑中闪过一个念头：要不要把他叫醒？但我连脚步都没有放慢，继续快步朝着家回去了。

其后上学放学经过那处地方我都会多看一眼。那人再也不曾出现过，地上也没有任何草席或者木板长凳之类的东西。也许那人从来没有存在过，一个在空袭警报中安然假寐的男人，或许只是我在回家路上的一个幻影吧。

那个年代还具有一些战争气息的民间活动，就是节日的游行：光复节，双十节，游行队伍里有军人也有百姓。与凤岗路平行的光复路在当时是条大路，游行队伍必经，我总是伙同后面那家的孩子们一同看——他们家后门就对着光复路。小孩子早早等在路边，好不容易听到远处传来隐隐的鼓乐声就兴奋莫名起来。

其实游行队伍大部分是机关学校征集来的人员，阵容说不上整齐；有些人手里拿张小旗，顶多拎盏小灯笼，就算敲锣打鼓也实在没有什么看头。不过常会在队伍里看到熟人，而那人若是把手中的旗子或灯笼送给路边认识的小孩，这个小孩就是当晚大家羡慕的对象了。

孩子们最期待的是化了妆的戏台人物，大概是从小镇的地方戏团雇来的，三五个穿着古装戏服扮民间故事中的人物或者扮成动物妖精，在队伍里委婉蛇行让两边的人都看得到，若是加上踩高跷就更精彩了。这是游行的高潮节目，我们苦候半天为着就是这个。

这样的庆典活动当然少不了振奋人心的条幅和口号，配上雄壮的锣鼓和军乐，那些平日听熟了的口号标语好像更增添了说服力。我们最耳熟能详的几则，除了万岁万万岁之外，就是反攻大陆、消灭"共匪"。至于是该先打倒"共匪"才能反攻大陆，还是该先反攻大陆才去消灭"共匪"，孰先孰后小时的我并未多想过。只是几乎天天看到听到这两个口号，自然当成早晚要发生的事，就像夏天到了就会放暑假一样地理所当然。

在我学会看报之后，有一段时间我会在拿起报纸时希望看到今天的头条新闻就是反攻大陆成功。回想那时的心理，倒也并不是特别盼望什么解救同胞收复失土之类的大任，而是隐隐觉得：若能这样轻易就跳过打仗啊空袭警报啊这些麻烦，该有多好！何况这似乎是件所有的大人都盼望发生的事，真能发生的话所有的大人都会很高兴，小朋友的日子当然也就会很快乐了——而且说不定还会放上许多天假呢。

不记得我这样的盼望持续了多久，但是终于有一天，我又隐隐地感觉到：这件事，并非像暑假必定会在夏天来到那样地理所当然——而且很可能永远不会来到。那些粉刷在学校墙上的标语和游行队伍里呼喊的口号，很可能不是真的。我相信我的家人和我认识的大人不会对我撒谎，但是有一些没有面目的、不知住在哪里的大人，不但会骗我们小孩子，也会骗其他的大人。

这样的领悟，让我在离开童年国度的路途上又踏出了一步；但我还毫无所知：那巨大莫测的成人的世界朝向我又逼近了一步……

那样的无知，毋宁也是一种幸福吧。

曹公庙和城隍庙

　　我一直觉得凤山这个地名很雅，有一次看到报上征对联，上联是"凤山山出凤，凤非凡鸟"。下联极不容易对：开头两个字也得要是个地名，第三字重复第二字，叠起来成为第四个字（山山为出）；而第三和第五个字是重复这个地名却还要反过来；最后两个字合起来组成第一个字（"凡"、"鸟"两字为凤）。更别说对联需要具备的平仄对仗了。所以完美的下联始终没有出现，成了"绝对"。

　　曹公路是当时凤山镇上的大路。从火车站出来，那条热闹的大街就是曹公路；中山堂、我的小学、同学的米厂……都在这条路上。不免好奇这位"曹公"是谁？

　　《台湾通史》记载了"曹公"名曹谨，河南人，一八三七年奉派来台接任凤山知县。他是一位勤政爱民、造福地方的好

凤山曹公庙

官；他兴建的"曹公圳"是清代台湾三大水利工程之一，灌溉凤山地区田园二千余甲。而且获捕海寇、平息漳泉械斗的扩大，并提倡文风。一八四五年曹谨病逝后，凤山人为感其德政而建了曹公祠；二十世纪九十年代曹公升格为金身，"曹公祠"便改称"曹公庙"了。

我随家搬到高雄之后很少回凤山，出国后更是难得再去。最近一趟回到凤山正是写书的期间，特意到了曹公路上，从火车站这端沿路走下去，虽然路貌全非但还是很容易就找到曹公国小——我从前念书的凤山示范国小；接着竟然发现曹公庙就在学校大门的正对面，还颇有气派呢。何以小时未曾注意到？可见当年是个非常不起眼的小祠。

这座新修二十年不到的庙宇是闽南传统庙宇风格，正殿的南侧还悬挂着原先的曹公祠匾额，保留了从祠到庙的变迁传承。庙柱上的楹联写的是："曹公智引双溪水瘠化良田盛业宏开／治邺同功名并列千秋德溥仰雄才略"。修了金身成了神的曹公，宽红脸、五绺须，模样倒有几分像关公。神像前的牌位写的是："前任凤山知县丁卯解元怀朴曹公讳谨禄位"，"前任"两字看着很亲切，好像才是没多久以前的地方父母官，一点也不生疏。

我感到非常欣慰：虽然到了二十一世纪，淳厚古意的凤山人并没有忘记这位来自河南的勤政爱民的好官。

小学校旁边不远就是镇上的城隍庙，我们上街常要经过，但不记得跟家人进去过。就跟台湾其他的城镇一样，城隍庙口算是镇上一处热闹的地方，有些小摊贩，卖些零食杂货之类的东西；一些住在附近的人也会把那里当成一个聚会地点，一道抽烟聊天什么的。可是我早就被家里大人训练得出门目不斜视，对那些摊贩和货物并没有具体印象，更不敢多看那些或站或坐大声说笑的男人。所以城隍庙那么重要的一处地方，我反而印象最不深刻。

　　家中大人没有信仰，不进庙宇拜神；奶奶只是每逢初一、十五燃三炷香，吃一天斋，朴素到说不上是宗教仪式。唯一的例外是每年中秋节晚上，月亮升到中天之际，奶奶会在院子里摆上一张小几，上头供着月饼、文旦、茶水，然后燃上三炷香，叫我朝月亮上的那只兔子拜两下。我非常喜欢这个小小的仪式，既好玩又温馨。奶奶不是个有情趣的人，但她把这个拜月亮的传统——可能也是她小时候做习惯了的，带进了我的童年，成为一个几乎接近神话的美丽记忆。

　　妈妈则是在遇有疑难不决的事情时会起个"课"，叫做"诸葛神算"；小时我完全没有注意到她做这些事，大概都是等我睡着之后，夜深人静时才悄悄做的。我是直到她来美国与我同住时才看到这个破旧的"起课"本子，有许多页密密麻麻的字，起课者按照自选字的笔划数目从书里逐个拣出字来，最后拼成完整的诗句，就是"诸葛"给你的解答了。妈妈自己当

一九八八年的凤山城隍庙，匾额写的是"你来了"。

然是相信的，但显然她并不想影响我，所以小时的我除了在笃信基督教的干妈家，并不曾被灌输过任何无论是宗教的、还是迷信的超现实的观念。

因为不记得小时进过城隍庙，当然更不曾注意到庙里面的匾额上写的是什么。直到二十年前重访凤山时，为了想看看庙口可有民俗活动，特意到城隍庙去了一趟，才发现匾额上写的是"你来了"三个字。一时之间竟有一分错觉：是故乡的神祇，在对我这个天涯游子说话呢。

又过了二十年，不久之前重临故地，随着凤山的繁荣，而今的凤山城隍庙修得更漂亮了。香火虽盛，却没有了"庙口"这样一处地方，庙前小得可怜的空地停满了小轿车，气氛破坏无遗。进门抬头还是同样的"你来了"那块匾，然而这次看到，却已没有了先前那分感动。

是哪位日本诗人写过："故乡，宜从远处思之。"

凤凰花树

　　大概是我的运动神经天生不发达，凡是动四肢的事我都做不好，从来没有一个体育老师喜欢过我。玩任何需要追赶的游戏向来追不上人家，反之都是才起跑就被人捉住；团体游戏分组时同学避我唯恐不及，怕我的表现会拉低大家的分数。玩躲避球我总是活靶，因为我很少躲得过，一听说体育课要打躲避球我就痛苦不堪。

　　躲避球场是个弱肉强食的世界。力气大、扔球既狠且准的人，一眼就会看出像我这种不会闪避更不擅扔球的待宰羔羊。一个高大粗壮的女生右手抬举着球，盯住我，脸上带一丝残忍的快意，这个恐怖的一刹那像电影定格，至今脑海中还可以清晰无比地重播。我实在不懂为什么有人会发明这样残忍的游戏，而且称之为"运动"，强迫孩子们参与？

我连骑脚踏车都比大家晚，上中学时几乎每个人都会骑车了，唯独我还停留在请求同学让我跳上后车架搭个便车的阶段——有时还会遭到拒绝，怕我"跳车"的身手不够利落。小女孩的游戏像踢毽子、拍球、绕橡皮筋、跳绳，我当然无一项精通。最简单的拍小皮球还勉强可以对付，复杂些的球技就谈不上了。奶奶用老旧的方孔铜钱和漂亮的鸡毛特为我做的毽子，我却最多只能踢两下；绕橡皮筋一定一上去就绊到跌跤；跳绳多半是被淘汰到甩绳子让别人跳。

　　但我对这些游戏的口诀很有兴趣，一听就会。我最喜欢的是跳绳的口诀，不同的跳法和速度配不同的歌谣，我虽朗朗上口却不明白那些咿咿呀呀的话是什么意思。多年后才恍然大悟：那是日语——是日本小孩玩跳绳时念的！

　　动腿脚的游戏我不行，只限于动手的还可以对付，比如小女孩喜欢玩的扔沙包游戏——我玩的其实是米包，妈妈替我缝制的，用缝纫剩下的零碎布头做成小巧的口袋，里头塞进米粒缝严，如果包包的大小和米粒的多少都恰到好处，则无论朝上扔或者捡起来都会很顺手。妈妈做的沙包特别漂亮而且好扔，可惜我的技术并不因此而特别好。

　　比较有把握的游戏是动作幅度最小的：弹凤凰树的豆籽。说到凤凰树，可真是一样美好的东西，即使不开花的时候，枝叶茂盛得华盖似的，带给了烈日下的南台湾多少荫凉！开花时更不用说了，那火辣辣的艳丽的南国风情，日后我不论走到天涯海角，心里始终揣着凤凰花树鲜明美丽的图像。

我会用凤凰花做蝴蝶：把花萼撕开当作蝴蝶的身体，粉红色的膜底下有粘性，可以贴上两大两小四片花瓣做蝴蝶的翅膀，上端两根花蕊作触须，再盖上一片同样大小的花萼夹好，就是一只红翅绿身的蝴蝶了。

凤凰树的豆荚特别大而坚硬，颜色深褐近黑，男生喜欢拿来当玩具刀挥舞，女生则是对里面的豆籽有兴趣。那些豆籽呈长椭圆形，也是坚硬无比。有一段时候小学里几乎每个女生都有一罐豆籽，玩的时候每人取出若干粒，在桌上轻轻一撒，选两颗距离适中的豆籽从中间用指尖一划，不可以碰到任何一颗，然后用其中一粒轻弹另外那粒，弹中了就归你。厉害的高手可以一路"吃"下去，赢一大把豆籽。我的那罐豆籽不少也是赢来的，因此特别珍视，当成宝贝一样，摇一摇听听几百粒豆籽饱满细碎的撞击声，心中也有一分饱满的喜悦。

终于有一天，我慎重而不舍地把那一罐豆籽送给邻居一个比我小几岁的女孩，因为我不得不承认对弹豆籽的游戏已经完全失去兴趣了。成长有许多迹象，那只是其中之一吧。

窗外飞逝的人生

住在小镇凤山，星期天若是能够乘火车或者公路局汽车到高雄玩一趟，是件令我兴奋的大事。还有比这更令我兴奋而盼望不已的，是一家四口乘火车去台中大姑妈家玩上几天。

小姑妈没有能够离开大陆，大姑妈（我称她"大娘娘"）一家倒是比我们早一步到台湾了。他们家人口众多，也有位老奶奶，是大姑父的母亲，我称她"表奶奶"，比我的奶奶略长两三岁，她俩是亲族中唯二来到台湾的老太太，彼此相惜，因此难得出门的奶奶，对于到台中女儿家可能跟我一样兴奋。

从凤山坐火车到台中，乘快车也要半天，我却从来不嫌时间长。一两年里总有一趟的台中之行，是我早期童年岁月里的节日庆典，比过年过节更让我欢喜。我也因此迷上了火车，喜欢的程度到了平时在家坐在窗边的椅子上，会微微摇晃着身子，想象自己坐在火车里，窗外是飞逝而过的田野城乡，观之不尽的新奇风景。而神奇的火车，承载的是远方欢乐时光的许诺。

跟一般人不一样：乘火车，我从小就喜欢坐反方向的位子。有些人反方向坐车会晕车，我完全不会。我的这个行径令许多人不解，很久之后自己才悟到：那是由于对离去之前的人和地方的不舍吧。面朝车头进行的相反方向而坐，看到的景象是车子已经开过的，都是已经过去了的地点和景物——如果是刚出站的火车就还包括月台和那上头的人。他们迅速后退，越来越远地离我而去……火车驶向的前方必然会到来，何必急着看呢，却是上一刻的景物，顷刻间就要消失了，留恋的再看一眼吧。

火车，从来都是交织着会面的欣喜和离别的悲伤的。

大娘娘在台中的家也是日式房子。虽然比我家大得多，但他们人多，加上我们一家四口的光临，拥挤可想而知，但这分热闹正是平日寂寞的我最向往不已的。幸好是榻榻米房间，添了多少人都可以有地方睡觉。他们吃饭也用日式矮桌，大家坐在榻榻米上围桌而食，我家的大人或许不习惯，我却很喜欢；不但感觉新奇，而且有点像在玩游戏，不必像在家里饭桌上那样正襟危坐讲究规矩。

不是围桌吃饭的时间，爸爸和大姑父在客厅，妈妈和大娘娘在厨房，奶奶和表奶奶在卧室，都各有说不完的话。至于我和表姊们，一道玩的其实都是些最普通的游戏：下跳棋，打扑克牌，看漫画书，或者躺在榻榻米上什么也不做……可我就是觉得快乐，快乐到不想回到凤山自己的家了。

所有的假日都有结束的一天。火车带着快乐的我去了台中，可是也会带我离开大娘娘家，离开表姊们。乘着火车旅行，也教会我看到世间事物截然的两面：相聚之后会有离别，而离别带来的悲伤很可能多过相聚时的欢乐。节日结束之后的惆怅，旅行之后的疲惫，离别之后的黯然，渐渐长大了的孩子也渐渐尝到了。

大娘娘也是妈妈的表妹，比妈妈小三岁，比她的妹妹、我的二娘娘大三岁。三个女孩从小一道长大，我看她们少女时的合影，觉得三人中大娘娘最漂亮：大眼睛白皮肤，一直到中年都保持着一种纯真无邪的美。由于我小时见到她多半是在夏天放暑假的时候，印象中她总是穿着颜色淡雅的旗袍，更显得皮肤白嫩，身材轻盈。

她也可能是三个人里生活最平稳的一个，不像妈妈年方过半百就丧偶，或像二娘娘留在大陆过了许多年坎坷的岁月。可是到了晚年，大姑父过世之后不久，大娘娘在一次中风之后就无法言语行动，后来甚至丧失了视力和饮食能力，靠着插管维持生命，竟然躺在家中床上活了十二年。我每次回到台湾都会

妈妈和大娘娘（左）

去看她，在她耳边说话，亲亲抱抱她。开始几年她闭着眼却还会对我的呼唤"嗯，嗯"反应，后来就不再回应，似乎像在沉睡之中了。我的表姊们相信她仍然是有意识的，她们对她照顾得细腻周到，简直到了不可思议的地步——十几年下来大娘娘始终没有并发病症，从没生过褥疮，皮肤还是那样白嫩，身上没有丝毫不洁净的气味。我不忍心也不愿相信她是植物人，但她沉睡在一个什么样的世界里，是巨大无边的黑暗还是色彩缤纷的梦境，没有人知道。

结果她竟然是三姊妹里最后一个离开这个世间的——我是说她的躯体。

妈妈晚年很少回台湾，心里特别牵挂着这个已无意识多年的表妹，却不忍心去看她。妈妈往生后两年，有一天在我将要去台湾的前夕，我梦见大娘娘——是我小时最熟悉的她的模样，穿着淡雅素静的浅绿色碎花旗袍，烫卷的头发拢在耳后，朝着我微微地笑着。我将这个梦境告诉小表姊，她感到欣慰，认为这可能表示她的母亲的灵魂已经先躯体而去了另一个美好祥和的世界。

果真不久之后，大娘娘的身体也去了。三个情同手足的表姊妹，终于可以在一个美好祥和的世界里再聚了。

第五章　童年再见

　　人生的许多事，当时只是记得，日后才显现意义——或者永无意义可言，那就成为一则谜语。童年往事，尤其往往如此。

鲍家四骏：前左海军四叔，前右空军大叔，后左公务员爸爸，后右新闻记者三叔。

陌生的二叔

　　中国人家族的排行很有道理，至少帮了分别来到台湾的几位家族同宗找到彼此。当年我的五代高祖中丞公为后代排了辈分，一排就是八代：孝友传家，诗书礼义；爸爸是"家"字辈，名字的第一个字当然是家，第二个字还得是马字旁的。于是来到台湾之后不久，一位单身随军队来台的年轻叔叔就找上门来，他与爸爸是同一个祖父，算是很亲的。从此这个十几岁就离家的少年在台湾找到了家，过年过节总会来共度，妈妈把他当成自己的小弟一样关照呵护。

　　然后就有四兄弟——四位来自安徽和县那一支的叔叔，也全是家字排行、马字偏旁，也来认亲了。爸爸和这几匹家族中的骏马过去从未曾见过面，若不是大时代的世局动荡，他们也未必会离乡背井翻山过海，来到这遥远的海岛上认亲相聚。

四位叔叔分别是海陆空军，还有一位新闻记者，全是英姿焕发的帅哥。我自小到大都与他们很亲——除了二叔。潇洒的大叔，空军退役后竟然自学成了著名的心理学家；英俊的三叔一直当记者，身边总是不乏美女；温文儒雅的四叔从海军官校退下来之后考上台大，毕业后申请到奖学金出国留学，成了美国大学里的数学教授。唯有二叔，很早就不在了，所以我对他只有照片中的印象。

　　还依稀记得很小的时候，有一天夜里，我已经睡下了，有一个男人忽然出现在我们家，连客厅都没有进来，就在玄关上面的三叠小间里跟爸爸妈妈匆匆说几句话就走了。后来才知道那就是二叔，他是来辞行——或者说，诀别的。

　　二叔大概属于某种特殊行动部队，在五〇年代初还要出任务到大陆沿海地区进行袭击行动。不久之后叔叔们就听说大陈列岛的一个叫"积谷"的小岛上的国军被悉数歼灭——那还是惨烈的"一江山"和大陈岛之役的前一年；而据说二叔所属的部队当时就驻在那里。可是他们始终没有接到关于二叔殉国身亡的确切报告。

　　很多年过去了，痴心的兄弟们还在不断打听他的下落，期待奇迹出现，希望获得他被俘生还的消息。据三叔说：二叔其实完全可以留在后方，不必上前线去的。可是他一来是爱国心切，杀敌不落人后；二来是二婶仍在大陆，二叔心中总有牵

左起：爸爸，大叔，三叔，四叔，就是缺了二叔。

挂。这么多年来，每当他们讲到二叔的早逝，总是不胜唏嘘。

历史的悲剧结果成了一个反讽：二叔当年洒下鲜血的地方，而今不远之外已遍布繁华的沿海城镇，两岸商旅络绎不绝于途。二叔当年拼了性命要杀的"敌人"，而今他们的后人，说不定正跟另外几位叔叔在大陆经商立业的儿女们，面对面谈生意，把酒言欢呢。没有人知道二叔在倒下身亡的那一刹那，最后掠过他脑海的是什么，但绝对、绝对不会是半个世纪之后的这番情景。

"二叔完全可以不必死的。"提到他，都是这么说的。完全不必死的，岂止是二叔？是十倍百倍成千上万的同一民族的人——叔叔，伯伯，兄弟，儿子，父亲……

我以为二叔的一页就这样翻过又阖上了。没有料想到，最近的一次到上海，由于四叔正好也在上海讲学，就安排了我跟二叔的女儿见上面。两岸开放互通以后，叔叔们去安徽老家找到了二婶和她的女儿的下落。背着国民党军人家属的罪名，二婶无法工作，生活难以为继，只能把遗腹女送给别人收养。这个女孩，我的堂妹，在"黑五类"的原罪枷锁下长大，不明白为什么要受这样的苦，只为了一个从未见过面的父亲。

幸好她嫁了个不计较她出身的好男人，生了个聪明贴心的好女儿。女儿凭自己的实力考上大学，凭好成绩做交换学生出国留学，凭苦读念到学位，凭本事回国在上海一家大外商公司做事。上一代的苦难，对于她似乎非常遥远了。

我还记得二叔照片里的模样——他是我唯一永远不会老去、不会再改变模样的叔叔。他的女儿，我的新认的妹妹，长得跟他真像，有一双弯弯的带着喜气的眼睛，虽然那双眼睛曾经流过最苦涩的泪水。

人间喜剧

出了我家短短的巷口，隔着一道极小的水沟就是我的另一对干爸干妈家。为什么认了他们做干爸妈已无从考证，但肯定是没有像第一位干爸抱我登船那类惊险故事的。大概因为我爸爸和这位干爸同时赴县政府上任，干爸是另一科的科长，两人有业务来往又颇相投，这对夫妇子女比较大些，很喜欢小不点儿的我，就收我为干女儿了。

后来干爸调职，全家离开凤山搬去嘉义。爸爸带我乘火车去嘉义看他们，我非常兴奋，因为听说"北回归线"经过嘉义，我很想看看那是怎么样的一条线——地图上已经划得那么清楚了，实际上一定又粗又长吧，是在天空还是地上呢？结果大失所望：只是远远看到一个中空的地球仪的雕塑，上面好像绕着几个圈圈，大人指着说："那就是北回归线！"我意识到一定是有什么地方搞错了。

小时的我常会把贫乏的科学常识加上丰富的想象，得出匪夷所思的推论。课本上写到地球自转，我立刻想：如果把我放在一个篮子里，用气球挂在半空中，半天之后我不就在美国的上空了吗？这么好的主意，这么容易的办法，为什么都没有人想过？还好我忍住没问老师。我相信很快就会自己找到答案的，就像发现北回归线原来是怎么回事一样。

之后不久干爸家又从嘉义搬去彰化，我也就每年暑假乘火车去他们家中度假。我第一次自己一个人从高雄乘火车到彰化，可能才十岁左右。家中大人虽然不无担心，但竟然任我单飞，现在想来还是不能不佩服他们，为了训练我的胆识和独立，他们毅然让我独行。当然，那个年代的社会很单纯，从未听过什么绑架小孩的事；高雄送上车，车上托个看起来善良的乘客，万一有事代为照护，彰化那边说好了接，人一到就打电话，万无一失。

我爱上了乘火车，就是爱上了旅行——并且从此爱上了独自旅行。纵贯线那两道在地平线尽头才相交的平行铁轨，是我今生无数天涯行旅的开端。

我的两个干爸体形各走极端。抱我上船的干爸高大得像个巨人，走在街上都有好奇的小孩跟着他；而曾经是我们凤山邻居的这位干爸身材特别矮小，但声音洪亮，气势很足。寒暑假住他家时，我常听见他在客厅对下属训话——其实就是骂人，中气十足声震屋瓦。可是这么威风的干爸，竟然对两个女人一筹莫展。一个女人是琼瑶：干爸虎起脸来时谁都会相信他是铁石心肠，可是我后来知道了一个秘密：他最喜欢读琼瑶的小说，而且会读到流下眼泪——不过这是我长大些以后的事了。另一个制得住他的女人当然就是干妈，神气的干爸一碰到干妈就泄气了。

干妈是个虔诚的基督徒，属于聚会所教派。每个星期天早上，他们家就会上演一场躲猫猫的喜剧。干妈叫家里每个人跟她上教堂，我和她的儿子、女儿根本就不会想到违抗，因为那绝对是徒劳。唯有干爸，总试着逃避，但没有一次成功，即使躲到厕所里也会被干妈找到。干妈一边气呼呼地叨念"魔鬼、魔鬼"（她对于不以为然的人和行为一概称之为"魔鬼"），一边把干爸从马桶上拉起来，干爸只好乖乖跟去教堂听道。

在教堂里我和干姊姊坐在后排位子，用一根毛线绳子悄悄玩绕手指变花样的游戏，时间很容易打发；而坐在前排干妈旁边的干爸就没有那么轻松了。我一直不知道那种小女孩玩的细绳子游戏叫什么，倒是到美国之后知道英文里叫cat's cradle，猫咪的摇篮。

干妈的聚会所教派有个特色，就是聚会时要哭喊。她家白天常有几位女太太来查经祷告，彼此互称师母；有的发型很特别，直而长的头发扎成长辫子盘在头上，有几分像现在流行的韩剧古装发型，不过没有韩国仕女的那么大，当然更不会插上五颜六色的饰物。师母们进了房间，门一关上，不消几分钟之后，房里就会传出呼天抢地的哭喊，夹着上气不接下气的哀叹。我第一次听到不知是怎么回事，简直吓坏了，却见干姊姊神色自若，后来我就跟她一样见怪不怪了。开头我还好奇，隔着房门听她们哭喊些什么。内容隐约是反反复复地痛责自己罪孽深重，感谢耶稣基督为她钉上十字架，尤其为耶稣钉十字架时的痛苦伤心哀叹。一个多小时之后，这群师母们从房间出来，脸色平静，什么事也没有发生过的样子。

　　暑假住在他们家时，长日漫漫，我无聊起来捡到什么书就读。他们家有不少教会发的读物，所以我从小对基督教的圣经故事就很熟悉。但也有些传教的小册子，写着许多稀奇古怪的故事，像关于各种妖魔和信了"异教"被鬼附身而需要驱魔之类的事，讲得活灵活现，我饶有兴味地当成恐怖小说读。白天不觉得什么，到了晚上就越想越怕，走过屋子黑暗的角落会没来由地毛骨悚然，干妈念叨的"魔鬼、魔鬼"变得具体了。夜里有时想起书上各色各样的妖魔鬼怪，甚至会吓得睡不着觉。虽然干姊姊就睡在隔壁床上，我还是觉得房间里鬼影幢幢，从窗户照进来的月光洒在地板上都显得阴森怪异……

　　不过我知道，到了明天早上一切都会如常：师母们会来哭号，干爸下班后会带一个人回来训话；而明天若是星期天就会更有趣了。

山水画家

因为这一对干爸干妈，因而结识了他们在彰化的一位朱姓画家朋友。爸爸妈妈一直相信我有绘画天分，而我和这位朱老师似乎有缘，他在干爸家一见我就喜欢我，因此我就拜了这位朱老师习字学画，从九岁到十七岁，也是八年。

朱老师琴、棋、书、画、吟诗、打拳全都擅长，文武六项全能，因而谦称自己的书房为"六稚斋"。他是当时台湾极少数几位会弹奏中国古琴的行家之一，满腹经纶，完全是位充满古风的儒者。后来干爸家搬离彰化，寒暑假我就住在老师家里。

在老师家中的日子清静又有规律：清晨醒在老师的古琴声中，起床后跟着老师登上八卦山看他打太极拳，下了山在早点摊子上喝碗豆浆，老师总会为我的那碗豆浆多点一颗蛋。回到家老师去上班，我就开始照着老师交代的功课写字画画。老师下班后和星期天，我静静地专心看老师写字画画，听他讲解。成年以后我才醒悟，这种日子，是何等奢侈难得的精神飨宴啊！

若是暑假，夏天的晚上与老师一家人：师母和他们的一双比我年长几岁的子女，在院子里乘凉，听老师讲些画坛掌故。师母也是画家，不但擅长画梅花，还烧得一手好菜，且会酿酒。冬天也很有情趣：师母自家酿的葡萄酒甜滋滋的，老师爱喝但没人陪他喝，我就很乐意地成了冬夜与他对饮的人。老师在微醺中就会一遍遍地念："二人对饮山花开，一杯一杯复一杯。"我的酒量多半就是从那时练出来的。

平日的老师极其严肃认真，我总是有点怕他。不是假期的日子，他规定我在家每天写一张大字，临的是魏碑"张黑女"帖；周末画一幅画，临摹他给我的画稿。每星期把功课邮寄给他批阅，偶尔见有画得好的，他会略加点染，为我题上几个字，爸爸就会兴奋地嚷着要裱起来。字写得好的，老师会在好的笔划部位打红圈。到了高中后期，我停止了画画，字上的红圈也显著减少了。

寄上功课给老师时，同时一定要附上用毛笔写的问候的信。老师教导我写信的礼数：上款下款的称谓，该抬头的地方，对不同身份的尊长用不同的敬语和问安的祝词，等等，让我受益终生。

我一直感激朱云老师给我文化修养上的教诲，尤其是书法。但老师专长的传统中国山水画实在不合我的性情，又不敢跟大人表白——而且从小就被夸赞有绘画天分，虚荣心也不容许我放弃，只好勉强应付到高中，终于可以用准备考大学为借口停止学画了。小时长辈们都说我长大会成为画家，连我自己也相信，结果并非如此；即使有缘遇上朱老师，我的绘画也始终不成气候，枉费了他对我如严父般的关爱与期许。说来当然是我自己的过错，但以我那时的年纪和见识，怎会明白如何选择艺术的路呢？

　　上大学之后，我渐渐不再跟朱老师有来往了。其实我非常想念他，但我陷在一个很尴尬的处境里：我跟老师的儿子，我称他为"师兄"的人谈起恋爱，却又在不久之后分手了。我知道老师虽然很喜欢我，却并不看好这桩恋爱。果然如他所料，我们好了一年就无法继续下去了。由于是我主动分手，心中除了觉得对不住那个好男孩，更是愧对老师。

　　多年以后我们重逢，老师早已作古。我向"师兄"诚恳地解释：当年与他要好是非常自然的事，因为那些在老师家度过的假日是如此美好，连带对他家里的人我也有一份特别亲密的感情；但是后来明白，正是因为太亲密了，以至简直像兄妹一样，那份其实并不是爱情的感情才无法继续下去。

　　"师兄"的婚姻非常美满，对过往的事已不再介怀。他还很有幽默感地说："当年你跟我分手，我一气之下把你写给我的情书全烧了。早知道你会变成作家，那些信就该留着，说不定可以出版呢！"

小时临摹朱老师的山水画，那些气魄恢弘的崇山峻岭，我只当作是老师想象出来的——世间哪会有那样的山、那样的石头啊？直到我去到中国，大江南北，北方的山南方的水，黄山，怒江，桂林，拦起大坝之前的三峡，蜀道……我终于亲眼看见与老师画中何等相似的山水。那山石上的阴影皱折不都是老师教我的种种"皴法"吗，还有悬岩、瀑布、山泉、水雾，还有那些山边的树，树上各种形状的叶子，老师全教过我怎么画的！

我明白了自己童年时的无知。在人生的跋山涉水路上，我过早地遇见了朱老师，又过晚见到真正的好山好水；而老师偏又走得过早，没有给我这领悟过晚的学生一个机会，请求他再让我与他对酌一次，再让我聆听一回他在古琴上弹奏"高山流水"……

不久之前我决定重新开始练习书法，买了几本字帖，其中就有"张黑女"碑帖。看着那些熟悉的字，一笔一划我不知临摹过多少次的，却又有一分恍如隔世的陌生——到底是几十年的岁月隔在中间啊！然而我清清楚楚地记得老师解说的那些勾勒点撇，当我握着一管毛笔时，那段受教于老师的岁月点滴渐渐回流了。

　　我一直以为，虽然是对的人，但是没有在对的时空遇见，仍是一桩遗憾。现在的我明白了自己何其有幸，能够在懵懂无知的童年，就遇见一位为我美学启蒙的好老师。

浮世画家

其实在拜朱老师习中国山水画之前，我学过一阵水彩画，跟一位姓赵的老师。那时我八岁左右。他是我们后头一家邻居的远亲，来小镇上暂住时认识了我们。

赵老师是上海人，会时不时地跟妈妈说几句上海话；长得一表人才风度翩翩，白皙的脸上架着一副细框眼镜，随和又风趣，大人小孩都喜欢他。我对大人的年龄没有什么概念，估计他当时大概二十多三十不到吧。听说他会画画，爸爸便把我的画给他看，他赞不绝口直夸我有天分，愿意收我为徒教我画水彩画。我觉得水彩画很不容易，但他总是轻轻松松的三下两下把我的涂鸦修修改改，一幅画就显得有模有样了。

很快地他就成为我家最受欢迎的常客。可是我偶尔听到爸爸悄悄对妈妈说："赵老师托我找关系卖他的画，实在让我很为难。"妈妈也悄声同意："是啊,有谁会出上那个价钱,买个毫无名气的画家的水彩画呢?"我弄不懂大人之间的事,只知道赵老师来了我就很高兴,不但家里的气氛轻松愉快,我也立刻在他口中变成一个小艺术天才。

不久之后他交上一位女朋友,她家在镇上最热闹的一条大街上开一家规模不小的文具店。他带我去店里玩,那位容貌清秀的小姐对我非常友善,送了我好几样店里新奇的小东西。可是我对她有一分说不出的嫉妒,把她送我的东西随手扔进抽屉里看不见的角落。

接着不知发生了什么事——似乎是跟那家文具店和店东小姐有关的,总之赵老师忽然间就离开了。我当然惊诧莫名,可是从大人口中得不到任何解答。我只有个模糊的印象:他跟我的妈妈奶奶长谈过一次,似乎像是在解释什么事,要她们相信他不是个什么样的人之类的话,妈妈的表情却不像往常那样友善客气。我在旁边听不懂,所以没有在意,更不会想到之后不久他就再也不曾出现了。

可是后来每次经过大街上那家文具店,不知怎么我都像心里有鬼似的,匆匆从马路对面走过,唯恐碰见那位小姐。我弄不清为什么怕见到那位小姐。也许我本来就不想见到她,但也可能以我孩子的直觉,感到了赵老师或许是做出了什么不好的事,作为他的学生我也分担了一分尴尬与不安吧。

但他还留了两幅画在我家。后来搬到比较大些的房子,墙

水彩画家赵老师的小学生

上空间多了，爸爸就挑出一幅挂起来。我每天看到那幅画，日子久了看习惯了，就很少想到画画的人，大人也不再提他的名字。我还一直收着一张他送我的照片，穿西装打着领花，跟他本人一样洋派又帅气。

十年之后吧，我在台北上大学时，有一天非常意外地接到赵老师的电话。他报了姓名，问我还记不记得他，我说当然记得。他说他在台北，住在一个临时的地方，从电话簿上查到我家的号码，很想见见我。我欣然答应。去之前我的心情紧张得像赴一个重大的约会，不但是由于又要见到多年不见的赵老师了，而且我终于可以让他亲口跟我说清楚，当年为什么匆匆不告而别？我期待他会给我一个很好的解释，让我再也不会对他有任何怀疑和误解了。

次日我照着他给的地址找到那里。难以置信那竟是火车站近旁的一条小巷，一排不见天日的违章建筑。我正奇怪怎会走到这样的地方，就一眼看见我的赵老师了。虽然他穿着汗衫，正在污秽的排水沟旁刷牙，而且变黑变瘦了，我还是一下就认出了他。

我认得他，因为他还是那样的神情，笑嘻嘻的，理所当然的，仿佛完全没有意识到我的拘束与紧张。他邀我进屋里坐，我窥见那黑漆漆的屋子，大概是间小客栈吧，忽然觉得非常不安——倒不是为着这贫陋的环境，我不会那么势利眼，尤其对儿时的故旧；而是眼前这个男人忽然让我觉得非常陌生，整个的不对劲。旁边来往的人带着些许诧异或者兴味的眼光看我，更令我浑身不自在。我已不记得跟他说了什么，就匆匆离开了。我深怕走得再慢一点，他此刻的模样就会完全取代我记忆中那个谈吐风雅、潇洒俊秀的赵老师——我曾经多么仰慕过的一个男子。

时光又过二十年，有一天我在美国家中收到一封来自台湾的地址陌生的信，竟是赵老师写来的。信很长，开头告诉我：他是去我爸爸多年前的工作单位，找到还在那里上班的一个我家的远亲，问到我的住址的。我心想：那么费事，为着什么呢？接下来的话更令我不安："有道是女人四十一枝花，你现在正是一枝花的年龄，一定艳丽如花，老师却是老了……"语气中不合身份的轻佻令我顿生反感。信中接着叙述这些年来如何不得志，但仍在努力画画，不久就要开画展了，可是还短缺一些经费；更不幸的是前些时上山写生摔了一跤受了伤，医疗费用实在难以负担……我在美国境况应该还不错，可否念在我俩的师生之情，给他的画展一些资助呢？

我看着信上他的名字，无法感受到任何联系，跟这个名字所代表的那个人。昔日没有弄清楚的事还是不清楚，我也早已不想知道事情的真相了。我只能凭自己日后对人情世故的少许理解，推断一些可能性。无疑的他出身自上海一个不错的人家，读过书也学了点画，对那位少爷来讲只是风雅的消遣吧。

然后他只身来到台湾，在他仅有具备的谋生条件中，除了些许绘画的才能，就是他那讨喜的外貌和口才了。他不甘于做一个箪食瓢饮的穷艺术家，却也做不出冒险犯难的大事来。也许该怪他生不逢辰，如果晚生二十年，这个富裕起来的社会，应该养得起一个不算太出色的画家吧？

总之，他就成了这么一个并不彻底的悲剧人物。而我，只是凑巧瞥见他人生中的几个片断，稍纵即逝，却留给我难以磨灭的印象。

但我还是记得当年的赵老师，以他的世故的魅力，给了一个羞怯的小女孩前所未有的自信心。不论他的用意出发点是什么，我还是感激他。我对他只有些微的反感，就是他一而再地几乎破坏了我心目中、记忆中赵老师的形象——但也只是些微而已，因为他并没有能够完全破坏。我的美好记忆是属于当年那个无邪的小女孩的，谁也拿不走。

表　哥

　　我的妈妈只有一个哥哥。我很喜欢这位舅舅：高高瘦瘦的，人很木讷，是空军但不是飞行员，写得一手好旧体诗却不轻易拿出来给人看。我读过他的诗，用毛笔字写在旧式线装的册页上，薄薄的一本题为"横槊集"。长大以后我曾要求他教我作诗，他叹口气说："学那个有什么用！"他是个很不快乐的男人。

　　他当然不快乐。妻子很早就死了，留给他还很小的一女一男两个孩子。他只好再娶，续弦虐待孩子也虐待他，实在无奈只得离婚。他靠着军队微薄的薪水把两个孩子抚养大，姊姊是个懂事的女孩，弟弟却越来越令他头痛：不听话，功课一塌糊涂；也不是怎么坏或者笨，就是说不出的特别别扭，没法讲道理。

实在无法可想了，舅舅只好跟我的妈妈商量，让那个大我四岁的表哥来跟我们住。舅舅认为这个男孩自小缺乏母爱跟适当的管教才会变成这样，送来我家，希望正常和乐的家庭气氛对他能有帮助。于是大概在我九岁还是十岁那年，家里多了一个男孩子。年龄相差四岁的表哥表妹，在旧式小说里大概可以铺排出一个青梅竹马的故事，可是——结果完全不是那样的。

不知为什么，这个以前几乎没见过面的表哥对我充满敌意。我也对他毫无好感，觉得他是个极不讨喜的闯入我们家的外人。特别是奶奶对他非常照顾，我当时无法理解那是奶奶的好心肠而并非偏爱他，我却认定奶奶是重男轻女，令我更加忿忿不平。我俩朝夕相处，却几乎没有过一次说得上是友善的交谈。连我自己都很讶异：我向来最喜欢同辈的亲戚了，无论表姊堂妹，全都开心地玩在一起，她们走了我都会伤心一阵子；怎么唯独对这个表哥如此苛薄如此不友善，而且越相处越坏，连爸爸妈妈劝说也无用。我就是讨厌他，说不出理由，就是感觉得到他时时刻刻散发的一种无法形容的、令我不安甚至厌恶的气质。

一年下来他的功课还是一塌糊涂，跟着我们搬到高雄亦无起色，而且待人冷淡，我行我素，大人说什么都不听。爸爸妈妈也拿他没办法，只好请舅舅把他接回台北去。回去后好像有一阵略有起色，上了一所还算过得去的高中，爸爸妈妈听说后也松了口气。然而过不多久高中念不下去了，然后就进了军校，可是好像也没有念完又出来了。

日后他的行为愈见怪异，我们终于不得不承认他成了精神病患者。夏天他穿着厚重的衣服，下雨的冬日却淋得湿透瑟缩着身子。有一段时候日夜守候在我家门口，那时我的父亲已经过世，舅舅住在我家，我们都吓得不敢出门，又不忍心叫警察赶他走。舅舅和表姊都拿他没办法，最后只好送他进精神病院。表姊常去看他，给他送吃的穿的。好几年以后他病死在精神病院里，而那已经是舅舅过世之后了。

其实这个表哥长得高大俊秀，发病之前外表还很过得去，但稍与他接触就会感觉到他的言行有些古怪，思维方式好像都在一个怪圈里打转。舅舅一直为他这唯一的儿子如此下场而自责不已，觉得自己父兼母职没有尽到责任，以致好好的儿子变成了精神病。我却是在多年后有了些许心理学常识，知道表哥的病是先天性的，不是那个苦命的舅舅的错——不是任何人的错。

一个人，一个生命，就这样毫无道理地虚掷掉了。会写诗的舅舅，一辈子没有快乐过。

打人的老师

五年级念了一半，爸爸调职了。我们一家离开住了八年的凤山，搬到高雄。我插班前金区大同国小，从五年级的下学期念起。

一开学就惊恐地发现：这里的老师打人的！

我那位五年级的女老师年纪很轻，人长得也算清秀，可是常闹情绪；脾气上来时就拿学生出气，随便找个借口把全班叫过去一起打手心，一个都没有例外。我功课不错又从不惹麻烦，她平时不会打我，但是集体处罚就躲不过了，全班排着队鱼贯走到教室后面她的桌前，伸出双手来挨藤条。还记得她打到后来打累了，左手支着侧脸，右手懒洋洋地上下挥着藤条的模样，要不是在打人，她那姿势其实还颇娇慵的。

藤条将要挥下来之前的那一刹那最恐怖，就像打针时针头正待戳下来的那段极短又极长的刹那，时间像是凝固了，身上的血液也像是凝固了。尤其有时老师好像有意整人，藤条高举后久久不挥下，每次总有人受不了那分悬疑的折磨，在藤条落下之前本能地火速抽回双手，藤条就落了空。这个动作绝对会惹得老师暴怒，下手更狠更重，而且次数加倍。

有一回我的手心被打出一小块青紫色，回家爸爸看见，心疼得大惊小怪地嚷嚷起来，说把学生打伤了，要去学校理论。我求他不要替我惹麻烦，老师其实打我打得算很轻的。有个姓王的女生，大概有一点弱智，什么也学不会，是老师的出气筒，动不动被叫去打一顿。有一回我看见她的手心，血肉模糊好像烂掉一样，非常震惊，她却还是笑嘻嘻的没事人似的。

常挨打的同学练出心得来，书包里准备一块生姜，山雨欲来之前在手心抹一遍，据说会比较不痛。有好心的同学替我抹过，我只感到手心热辣辣的不很舒服，藤条打下来还是一样疼。

高年级男女生分班，男生班的老师对顽劣的学生打、骂、罚站、罚跪都没用，居然想出一个极度羞辱的办法：令他们到女生班前面罚跪。岂知这招也并不一定管用，虽然有几个面有惭色低垂着头，但那些特别顽劣的依然嘻嘻哈哈，看见女生出来就更加兴奋，大声怪叫女生的名字，结果感到不好意思的反而是女生。每当我看见跪在教室门口的男生，心里就非常不自在；即使他们没有任何羞愧之色，我还是替他们感到难过。我始终弄不懂，为什么世上会有老师想得出这样处罚学生的方式。

谢天谢地升上六年级换了老师，当然也打，但再没有像五年级那位老师一视同仁的集体处罚，我得以免去"陪斩"。可是那时的六年级要准备初中联考，几乎每天都有小考，有时一天还考上两三回。有一次老师宣布：下午的小考分数若是比上午的差就要打，差一分打一下，两分两下，余类推。那天早上我考了个一百分。我这辈子就只有那一回，拿到满分考卷却吓得魂飞魄散。（那天下午我挨了两下。老师打我时眼中有一丝歉意，下手很轻。）

还有一次，不知为什么老师认为有一课的课文很重要，要全班背到滚瓜烂熟，然后轮流站起来背诵出老师指定的某一段，稍有错误甚至迟疑停顿就打——而且是打耳光。回想起来，这种考验恐怕连很多成年人都过不了关的。我把课文背熟以后，暗暗不断提醒自己：绝对不能紧张不能慌，否则前功尽弃，而且我是宁可多挨两下藤条也不想受到掌掴的屈辱。还好轮到我时竟还沉得住气，老师指定的又是最熟的第一段，所以轻松过关。有个坐我近旁的女生，平时态度沉稳口齿伶俐，我以为她不会有问题，没想到一开口就紧张得结结巴巴，并且不断地发出"啃啃"的声音清喉咙。说时迟那时快，她一"啃啃"老师就"拍"一个耳光刷过去。我别过头不忍看她。好像自从那次之后她的口齿就不如以往的伶俐了。

我被分到那一班令很多人羡慕，因为那位老师是全校公认的优秀老师，历年来她的班考上省中的比率最高。她教书——其实就是训练我们准备考试——确实有一套，叫我们死记硬背公式都有口诀，果然比别班背得快记得准。加之以心狠手辣，有时功课交代下来竟有一百道练习题，天哪我回到家已经是六点钟了，吃完晚饭不停地写啊写，到了深夜还写不完，急得边写边哭，眼泪把作业本都打湿了。妈妈心疼地陪我熬夜，实在不忍心，频频催我"不要再写了，去睡吧"，我当然死也不肯——也不敢。

这位老师三十好几了还没结婚，在那个年代大家已经在背后叫她老小姐了；家长们都说她是为教育耽误了婚姻，对她更是钦敬。不久我就发现这位老师有个习惯：当她走到少数几个她喜欢的学生座位旁检查她们的作业时，都会有意无意地把手搭上她们胸前按住。总是考第一名的级长，人也长得漂亮，大家都知道老师最喜欢她；但凡老师站在她身边时，老师的手永远是按在她胸上的。

有过两三回老师也把手盖在我的胸上，隔着薄薄的白制服上衣，老师的手热乎乎的，我觉得很别扭，可是屏着气不敢动——若是往后靠就好像在拒绝老师，往前呢，却像是在迎合那令我并不舒服的触摸。每次老师在课桌行列间走来走去，我就会紧张起来，怕她停在我的旁边伸手过来。

但我从未把这事告诉父母亲，因为那时并不觉得有什么特别不对——她是老师，是大家公认的好老师；而且，她不算是个会莫名其妙打人的老师。在童年离我而去的前夕，我的心思还可以那样单纯。

告别童年

　　小时的我一直是梳两条辫子，每天早上不是妈妈就是奶奶替我扎好辫子上学去。到了五年级就算上高年级了，我也就剪短头发，告别了我的辫子。那时可能已经开始希望自己看起来比较像个大女孩，所以对剪掉留了多年的辫子并没有什么不舍，但也并不觉得那个小小的变化标志着年龄的分水岭。

　　对于我来说，十岁那年离开凤山搬到高雄，才是即将告别童年的开始。离开有记忆以来的第一个家，后院的鸡和兔子，门前和屋后的小巷，左邻右舍，同学，近得听得到上课铃声的学校……我有太多说不出的不舍。新的家也是日式房子，比凤山的家大得多，除了客厅和吃饭间还有三间卧室，我第一次有了自己的房间自己的床，可还是想念着那亲切熟悉的凤山旧家。每天上学要独自走长长的一段路，更令我怀念那条短短的通往小学后门的小巷了。

高雄到底是大城市，学校跟凤山的就是不一样。老师比较凶，高年级的男生也比较胆大，见到女生走过会大声怪叫她们的名字。这些都让我很不习惯。

有一阵校方雷厉风行"说国语"，轮流选派一批学生做"国语纠察队"，下课时间在校区各处巡逻，听到有说"方言"的同学就记下班级和名字。我也被指派担任过纠察队，觉得无所适从，因为有时实在听不清楚那个同学究竟是在说"方言"，还是只是说国语的口音特别重。更奇怪的是监督"说国语"的老师们，却常聚在一起说台语；有些年纪大一点的男老师还会彼此说日本话。纠察队也被搞糊涂了：日本话当然不是国语，但算不算方言呢？有个纠察队员还很认真地问："如果有同学说日本话要不要记名字？"

被记了名字的学生会受到什么处罚，我倒是没有印象。我猜想是不了了之，因为人数实在太多，下课时间随便走上几步就会听到"方言"，记不胜记；想来校方到后来也不胜其烦——连老师都管不了，怎么管学生呢？

那个年代升初中还要联考，所以六年级的生活从早到晚基本上就是没完没了的作业、练习、考试，和交不出作业考不到满分的打骂处罚，加上无止境的补习、补习、补习。那段岁月是我童年的梦魇。

班上有一些毕业后不再升学的同学——美其名曰即将"就业"，其实就是所谓的放牛班，那批人坐到教室后面两排去，与坐在前面的同学生活脱节了，从此好像去了另一个世界。正式排前后座位的那天，哪些人会到后面去，大家早就心里有数，一定是家境最穷、功课最差的那几个。可是有一个女生，长得白净秀丽，功课也还可以，由于小儿麻痹症一条腿是跛的，竟然也坐到后面去，我惊愕得不知怎么办才好。

那时我已经感觉到：同一间教室里同一群朝夕相处的同学，中间被硬生生划了一道线，在线的前面的和在后面的孩子，以后的人生会完全不一样。我可能永远也不会再见到她们。

老师根本不理会后面两排，随她们去自生自灭，聊天吃东西玩游戏都可以，只有在吵到她讲课时才吼上几声甚至打一顿。好几次我被恶补和考试的压力整到厌倦不堪时，竟会生起羡慕她们的念头——如果我不上中学又会怎样？或者，至少，让我坐到后面去休息几天可以吗？

功课繁重得毫无乐趣的日子，日复一日，我对童年开始感到极度的不耐烦，等不及要长大——我相信唯有长大才能摆脱这样的生活。夜里躺在床上，看着自己的脚，闭上眼睛，期望奇迹出现：明天早上醒来时，这双脚变大了，一夜之间，我变成大人了……

奇迹没有出现。不过，终于，六年级上完了，小学毕业了。典礼上大家唱毕业歌："青青校树，萋萋庭草，欣沾化雨如膏；笔砚相亲，晨昏欢笑，奈何离别今朝。世路多歧，人海辽阔，扬帆待发清晓；诲我谆谆，南针在抱，仰瞻师道山高……"歌词很美，可惜跟这所学校联系不起来。有人还流下眼泪，我却丝毫没有感到任何不舍。

（三十年后，看到日本导演木下惠介一九五四年的老电影《廿四只眼睛》，里面唱的毕业歌的曲调竟然完全相同。这首歌据说跟《骊歌》一样，原来也是一首苏格兰民谣。）

小学毕业，我考上爱河边的省立高雄女中，自此告别了我的童年。

关于童年的回忆，其实都是后来对点点滴滴记忆的积聚与重读。年幼的我，对当时的人、事、物其实是茫然的，而这些人和事对我日后的岁月将会产生的影响，当然更是一无所知。我的童稚的眼睛只比录影机多了一分情绪而已；时日久远，影像漫漶模糊，却是情绪依然鲜明准确。

人生的许多事，当时只是记得，日后才显现意义——或者永无意义可言，那就成为一则谜语。童年往事，尤其往往如此。

第六章　身世

　　我多么愿意相信：有那么一个世界、一个时空，他们四人在那里重逢相聚，喜悦地倾诉别后种种；同时不免要说到我——他们彼此的连结，他们这一生里的共同的爱。

妈妈和二娘娘（右），一九三七年八月十五日摄，当时妈妈二十五岁，生母十九岁。

真　相

　　从我很小的时候，奶奶就常会盯着我凝视片刻，自言自语说："你像一个人。"

　　时不时会有人问些奇怪的话：你为什么长得不像你的妈妈啊，为什么你的妈妈那么晚才生下你啊，为什么他们后来就没有再生小孩啊，之类的。甚至还有人对我说："你长得一点都不像你妈妈，她皮肤黑，你这么白。你不会是她的小孩。"我不假思索地回答："我像爸爸。"

　　就像奶奶的自言自语，我从未把这些莫名其妙的话放在心上——也许是我有一分直觉，隐隐感到有些事最好不要放在心上，不要去追究。

　　我的身世的真相，是成年之后才知道的，而且并不是从父母亲那里得知的。

初到美国时，去见一个早我一年赴美的朋友，她在无意间说起我的身世。她才起了个头，忽然间我就明白了——从小到大，所有那些莫名其妙不知所云的问话、窃窃的闲言闲语，那些被我立即扔到脑后埋进意识底层的疑惑，忽然之间全都汹涌而出，全都摊在我的面前，像无数难题的唯一答案，完全不容置疑的，简单而且正确。

抱着我走在逃难路上、带着我到台湾的，其实并不是我的亲生父母亲，而是我的舅舅、舅妈。结果他们成了远比父母更亲的、我的爸爸妈妈。我的亲生母亲其实是我爸爸的小妹妹，我的二姑妈，也就是照片上那个我称呼为"二娘娘"的人；我的亲生父亲当然就是照片上那个笑眯眯的"二姑父"了。

我的朋友是从我们家的一位知交那儿听来的，理所当然地以为我早就该知道了。她后悔不迭说漏了嘴，但非常讶异并且难以置信：这么些年我对自己的身世竟然会毫不知情？

当时我的第一个反应是气愤——对我那位朋友，因为我觉得如此重大而私密的事，怎么可以由她，一个毫不相干的外人来告诉我！当然这并不是她的错，她也不是有意的。但是初到异国不久，我正被浓烈的思乡之情折磨着，忽然之间猝不及防的，我被迫面对自己身世的真相。我完全不知道该怎么反应。我的气愤其实没有对象，也没有理由。我只是宁可在一个从容而隐私的状态下，由我自己来揭开和面对我生命中早已写好的那一页。

如果那个时刻我对我的爸爸妈妈也感到一种气愤的话，也是基于同样的原因吧。但是当那份隐私被干扰的气愤平复之后，我接下来的心理状态却是出奇地不感到意外，像是长久以来一直迟疑着不去打开的一扇门终于打开了，而门里是一片寻常景象，我原先的世界什么都不需要改变。我知道这个秘密早晚妈妈会告诉我的。我耐心地等待这一天。

妈妈第一次来美国看我时，有一天我带她到家附近的公园走走，她开始劝我生小孩要趁早，不要等到年纪大了才想生就晚了。我故意反驳她："你不是三十六岁才生下我的吗？"她果然吞吞吐吐欲言又止，我就替她讲了出来："我知道我不是你生的。我的亲生母亲是二娘娘。"

妈妈一时站立不稳，在秋千凳上颤巍巍地坐下。"你，怎么知道的？"她震惊地问。我告诉她。但我知道她还有更多想问而不敢问的：你是不是怪我一直不告诉你实情？你有没有想要认你的亲生爹娘？你会不会因此而跟我生疏了？还未开口，她已泪流满面。

她没想到我竟坦然又理所当然地说："我一直当你是我的妈妈，永远都是。正因为我不是你亲生的，我对你除了那分对妈妈的亲，还加上感激。"

后来她说：其实她一直想要告诉我，却怎样也开不了口，一年年拖下来；先是等我懂事，然后拖到我上大学，成年，出国前夕，都想提起却没有勇气，越拖得久越怕，怕我怪她，怕我因此与她生分了。

我说："我怎会是如此没有感情、忘恩负义的小孩呢？我若是那样，岂不是你教育失败了吗？"我的话让妈妈又哭又笑。

妈妈的顾虑其实不是没有道理的，那个年头小说或者电影里这类故事很多的，而且结局几乎都是亲生骨肉大团圆——"血浓于水"嘛。我也记得，小时候跟她看过一部葛兰演的电影——小时候跟着妈妈看的电影真多啊——叫《曼波女郎》，故事就是讲一个生长在幸福家庭的女孩，有一天忽然得知她不是她父母亲生的，这下不得了，天下大乱，她发疯般地找寻亲生父母亲。妈妈一定是这类故事听多了，越想越怕，越怕越拖，越拖就越发难以启齿了。

在那之后，妈妈可能觉得一块大石头落地，长久以来压在心头的沉重心事终于化解了，人生变得轻松许多。我却一点也不觉得跟从前有什么不同，与她相处时的感觉更是一样的亲密——或许下意识里还更亲密了。每次与妈妈提及亲生父母时，我还是和往常一样，很自然地照旧称他们为二姑父二娘娘。

不久中美关系开始解冻，妈妈鼓励我打听国内亲人的下落。她也十分想念他们。

命运，一九四九

我的命运，可以说是在我一岁那年被决定的。

我上有兄姊各一，哥哥长我四岁，姊姊三岁。我的生母也是上有兄姊各一，她的哥哥即我的舅舅——我称他爸爸，我的爸爸。她的姊姊我称大娘娘，全家也到了台湾。我的生母是三兄妹中唯一没有能够出来的，所以奶奶常盯着我的脸看，说我"像一个人"——她想念她留在大陆的小女儿，却很少说到，偶尔提起都是陈年旧事。连奶奶都感觉得到：在当时肃杀的政治氛围下，留在大陆的亲人已经变成了一个禁忌，非提起来不可的时候，是要压低了声音悄悄讲的。

在那充斥反共宣传的年月里，"大陆"在我小时的印象中是一个可怕的黑洞，巨大无边又阴惨无比；那里住着许多万恶的"共匪"，压迫着更多的骨瘦如柴、啃树皮草根的大陆同胞日夜做苦工。从小学到中学，作文题目动不动就是"给大陆同胞的一封信"，告诉他们台湾有多么富庶自由，我们的日子过得多好，同时细述他们有多苦（好像他们自己不知道似的）；结尾必定慷慨激昂地宣告我们很快就会打回去，解救他们于水深火热之中。这样的作文我可以轻易获得高分，但总是没法把这些意象与照片上穿着旗袍西服、笑容可掬的二娘娘二姑父联想在一起。他们竟然也是住在那个像巨大黑洞里的大陆同胞，对我是非常不可思议的事。

最不可思议的，其实是我竟然会到台湾。我原本该是留下来成为一个"大陆同胞"的。

我的舅舅和舅妈是表兄妹联姻，所以舅妈是我生母的表姊，两人自小一同长大情同姊妹。舅妈自己没有孩子，特别喜欢女孩，我姊姊从小就跟她很亲。在我出生之前，舅妈就已经半真半假地向我的生母要求：再生一个孩子就送给她养。我一生下来，喜欢女孩的舅妈就满心欢喜地照顾我。

一九四九年初，任职南京市地政局的舅舅要随机关撤退到台湾。我的生父母也在筹划离开，可是生父的事业做得颇为顺利，有许多需要收尾的事无法说走就走。舅父母要先走一步，我的父母亲就让他们先带我走。其实当时我的姊姊已经三岁多了，正是讨人喜欢的年龄；舅妈跟她也已有了很深的感情，一度也考虑过带姊姊走的，可是结果还是把我抱走了。当时好像

一九四八年夏天，南京瑞麟里家门前，我出生之后不久。相信
是我的第一张照片，也是难得的与我的亲生父母和兄姊的全家
福合照——下一张合照得要等到将近三十年后了。

从左到右：我的生母、我的妈妈、大娘娘（生母的姊姊）。
花样年华的她们，怎会预料其后人生的悲欢离合？

也没提是否让舅父母正式收养我——本来也没有必要，反正两家就像一家人一样，都以为过不久就会团聚的……谁能料得到两家会几十年无法相见呢?

我和姊姊，两个截然不同的命运，就在那时被决定了。

"文革"来时，哥哥大学正要毕业;姊姊没能上大学，高中毕业后在纺织厂做女工，冲击都不大。唯独我，正逢高中毕业，若人在上海，百分之百地注定要做"老三届"知青，被送上山下乡，不是北大荒就是海南岛，再不然安徽农村或西双版纳的林野。如果我的血液里始终有写作的欲望，无论在哪里长大，或许我也终将成为那一代同龄人的作家之一，写那个特别的时代特别的故事。但也很可能我便永无机会提笔写作了。

离开岌岌可危的南京之后，我的两对父母亲最后一次相聚就是在杭州，我被抱上逃难之途的第一站。随后我的生父还送我们到上海，陪我们等着搭船南下福建。那是我此生第一次到上海，当然毫无印象;再去时已是二十八年之后，却是我心目中的第一次。他们在上海码头挥别，从此我的舅父和生父，两个知交、姻亲，就不曾再见面了。而舅父——我的爸爸，当时怎会料到，这是他今生对上海的最后一瞥?

他永远没有再看到上海。

让舅父舅妈带着我先走的决定影响了我一生。如果走的是姊姊而留下的是我，我俩的命运会怎样改写，当是永无可知的谜。

而我从此一直认定舅父舅妈才是我的爸爸妈妈。即使成年后知道了自己的身世，情感上也一样觉得他们是我的爸爸妈妈——尤其是妈妈。而且正因为他们不是我的亲生父母还那样视如己出地疼爱我、养育我，对他们除了那份感性上的孺慕之情，我更怀有一份理性上的感念与感恩。

重　逢

　　许多年后——确切地说是二十八年半之后，我第一次回大陆，才初次见到（应该说是"重逢"）我的亲生父母和兄姊。

　　在那之前我没有跟他们联络，因为我不知道如何联络他们。我是一九七七年申请去大陆旅行的同时，要求查访我家人的下落的。我先到北京和其他几处地方之后才去上海，在北京时我就被知会：找到我的家人了，他们还住在上海，已经得知我将来到的消息。

　　一九七七年的一个秋日，飞机在上海虹桥机场降落，我心情紧张地走向等待的人群。忽然有一个奇异的感觉攫住我：我觉得自己在照镜子，但镜中人是个男的。这就是我第一眼在人群中看见我的亲生哥哥的感应。我此生从未见过一个跟自己长得相像的人，哥哥是第一个。

然后见到我的姊姊，和我的亲生父母亲。自己虽不觉得，旁人都惊叹我和生母的相像，说这真是如假包换的女儿。

　　我的到来，给他们的情绪和生活带来的冲击当是不言而喻的。过去这许多年，家人一直因为有近亲在台湾，长年感到政治上的压力，"文革"时更是战战兢兢。哥哥高考的成绩非常好，可是上不了他一直向往的清华大学，只能被分配到华东水利学院，就是因为"出身不好"。生父生母让幼小的女儿去了台湾，是否养得大也不得而知，因此根本不提，更是完全不会料到这个女儿还会跑到美国去，最后绕了一个大圈子回来。

　　一九七七年"文革"才刚结束，海外回国的人本就不多，原先来自台湾的更是少之又少。他们忽然得到小女儿的消息，虽然惊喜异常，但也不免有些惶恐。父亲用"诸葛神算"起了一课，得四句诗，头两句就是："贵客相逢更可期，庭前枯木凤来仪。"他们一看，心就安了大半。

　　父母亲对于我这个忽然出现在他们面前的女儿，在失而复得的惊喜之外，恐怕也有许多复杂的情绪。我面对他们时，其实是无异于面对两个从未有过任何交集的陌生人，他们看我又何尝不是呢？我在理性上认知他们是我的父母亲，可是我没有任何关于他们的记忆，从未感受过他们的体温和气息，从未与我的成长、我的经历、我过去二十八年人生的快乐与哀愁有过任何联系。当他们把怀中的小女婴交给另一对夫妇时，他们怎会料想得到：下一次再见到，小女婴已经是个年近三十的妇人了。我们都在努力用最短的时间认识对方——血管里流着相同血液的陌生人。

好在那并不困难。不需要一点勉强，我就可以很自然地称呼他们"爸爸"、"妈妈"——这个称呼绝对不会跟我那叫了二三十年的爸爸妈妈混淆，因为我跟生父生母说的是"普通话"，不是我从妈妈那儿学得的那世间独一无二的"母语"。

一九四九年爸爸妈妈带着我去了台湾之后，其实我的生父还曾设法只身去到了香港，那里有个生意合伙人，他计划在那里立足创业，同时把家眷接出来——那个年代还是有可能做得到的。我的生父出身于江苏一个富裕的家庭，上海复旦大学经济系毕业，从年轻的时候就是个很有企业头脑的人；我们都相信如果他在香港发展的话，大概会成为同辈亲族中最富有的一名。可是他的母亲太疼爱这个长子，舍不得他留在香港，老太太生了场小病便函电交加地叫儿子回杭州来。父亲是个孝子，不想违逆寡母的意愿，只好放下香港的计划回到了大陆。此后时局急转直下，他们就完全断了出离的念头和可能了。

父母兄姊在杭州定居下来，父亲却还没有放弃他在商场上的雄心。杭州没有机会，他就去了上海；可是五〇年代的上海，已经不再有像他这样背景的事业家发展的余地了。走投无路之际，有人介绍他到一间类似工商职校的非正规学校做个临时教员；无奈之下，他抱着暂且观望的心情上工了。可是不久之后学校转成了正规编制的中学，有着经济系学位的父亲，当然就成了最具资格的正规数学教师了。从此在这个学校一教就是一辈子，直到退休。

这个偶然走上的职业，让父亲在几次政治波涛中有惊无险，平安度过。五〇年代"镇反"，原籍那边派人来学校调查他在扬州念高中时加入国民党"三青团"的旧事（其实是全班被迫集体加入的），幸得校长讲义气有担当，挺身力保，才没有给抓走。如果父亲为此被押回原籍，不但母亲兄姊生活会无以为继，他甚至连性命也有可能送掉。所以父亲始终感念这位校长的救命之恩，终其一生他与老校长都是常有来往的好朋友。

逃过了那一劫，后来"文革"时父亲正担任教研组长，上自校长下至组员都被学生斗得苦不堪言，父亲却只被迫扫了几天马路，之后就被赶到学校的饭堂去负责卖饭票——他的账算得清楚，人又可靠；干革命也得吃饭，红卫兵信得过他。

我相信父亲是个很不错的老师，因为退休了许多年，都还常有学生来探望他；过整生日时，也有学生和老同事为他做寿。

我自小偏爱文字图像而痛恨数字，从小学到中学一路吃尽了数学的苦头，连带对数学老师也全无好感。当我得知自己的生父竟然是我一向避之唯恐不及的数学教师，简直感到啼笑皆非。我也发现生母写得一手娟秀的毛笔字，还会画工笔画；在杭州时为补贴家用，从事的就是在玻璃幻灯画片上描绘着色的

生母和她的父母亲（我的外祖父母，但我一直称呼他们"爷爷奶奶"），摄于一九四一年。生母时年二十三岁。

工作。我总算找到自己的些许绘画天赋是从哪里来的，同时也可见数理和艺术这两种特长的基因是不可兼得的——不过似乎也不尽然：哥哥是水利工程师，数理当然很高段，但他也有些美术天分，还会篆刻。姊姊也是写得一手人见人夸的好字，文笔亦不差；我第一次回去之后不久，她就被调到工厂的办公室去担任文书工作了。可是我和姊姊的面貌毫无相似之处，站在一起时没有人会想到我俩是姊妹。"遗传"就是如此地难以捉摸。

姊姊只大我三岁，所以小时对我毫无记忆。哥哥告诉我：他还隐约记得杭州分别的那阵子，他五岁不到，知道家里住了许多人，还有个可爱的小婴儿，有一天忽然不见了。屋子里一下子变得很安静，可能因为走了好几个人。当时他隐隐有一丝若有所失之感。

杭州是我们二十八年前分手的地方，也是哥哥姊姊度过他们快乐童年的地方。父母和兄姊对西湖有着最美好的记忆，想要跟我分享。于是我们一家坐火车到杭州去玩了两天。那是凉爽的十月天，当晚正逢月圆，是中秋节之后的下一个阴历十五；我们兄妹三人在湖畔漫步，月在中天，华光映在湖水上，四周幽静无声……

我忽然对这从未到过的地方和从未经历过的情景有似曾相识之感——就是西文里的déja vu吧。会是我在另一生里来过吗？我感到人生的不可思议：当年在我全然无知无觉的状态中，我的人生被安排了一种情状，然而焉知此时的我是真实的？二十八年前也许自己并不曾被抱走，也许走的那个并不是我，也许自己有两个平行的人生，另一个我，另一种命运，也在这湖畔走过，也看着湖中的月亮，思索着同样的问题。哪个才是真的，哪个是虚幻的我？哪个是蝴蝶，哪个才是庄周呢？

哥哥削个梨子要和我分着吃，我笑道："两人不分'梨'。"哥哥叹口气说："你过几天就要走了，还是要分离的。"

我走的时候父母亲和姊姊都流下眼泪。后来我每次回去，临行时他们都会流泪。我不由得想：如果我再也不重新出现在他们的生命里，他们也就不会有思念和伤心了吧。

归　乡

　　我的人生从三十岁开始有了三个家：美国的家，台北的家，还有上海的家。

　　五〇年代中期，我的生父的教书工作稳定了，就把家人从杭州接到上海，住进愚园路一栋很典型的上海弄堂房子——就是我七〇年代回去时到过的。起先我感到奇怪：为什么那扇还挺好看的大门常年紧闭备而不用，大家都从后门出入，以致一进门便是几家共用、烟熏火燎的厨灶间？后来才明白：舍前门而走后门，是上海里弄住户的一大特色，是寸土必争的空间规划下的产品。三层楼房住了三户人家，原本一进大门的前厅成了其中一户的后厢房，连旁边的那方小天井也搭盖成了一块居住空间，大门当然不能再供大家出入了。住户共用的厨房是原来的车库改建的——可见在从前单门独户时还算是颇为高级的住宅，几家瓜分之后就面目全非了。

父母亲住在二楼的"亭子间"，朝北，冬冷夏热，楼梯陡窄，上下都得小心翼翼。姊姊住在底楼的半间"后厢房"，与邻人隔着一道薄板壁，逢上大夜班的日子白天要睡觉几无可能。还好哥哥的工作需要长年驻在外地，否则也没有多余的房间给他。可是他的两个小孩要留在上海读书，必得与祖父母同住；所以两房一卫的空间住了三大二小五口人。（后来姊姊结婚，姊夫搬来同住了一段时日，更难以想象六口之家如何在那个空间里生活——生存。）

那个年头有国外亲人出现是件大事——不仅是这户人家而且更是地方上"有关单位"的大事。我回去之前，里弄单位已经来家里仔细巡视一遍，竟然认为居住条件还不错；打扫干净，挂个新窗帘，到时再向邻居借两把椅子，就可以接待"外宾"了。

"大陆"在我心目中当然早已不是童年印象里那个阴惨的黑洞了；而七○年代在美国，通过所能找到的讯息，我在脑海里描绘了一个理想中的文化祖国。当我第一次亲眼目见这个"文革"刚过、百废待举的"文化祖国"时，我是有太多的理解和调适要做了。对于家人的居住状况我是作了心理准备的，然而亲眼目睹家人住处的拥挤陈旧与逼仄，心中还是有很大的震动。可是他们周遭的邻舍亲友境况大都类似，没有多少可供比较或羡慕的对象；何况那个年代他们那样的居住条件已经令

旧居虽然陈旧，但还保留Art Deco样式的后门。 上海愚园路旧居的弄堂

很多人羡慕不已了——事实上能够住在上海就已经是全国绝大多数人的梦想。

　　家人在八〇年代后期搬离了愚园路，后来都住进了公寓式的楼房，有了真正的厅、房、厨、浴，也无须再与邻居朝夕碰头争用公共空间了。我却是到了近年才带着怀旧的心情回头去细看愚园路的一些弄堂房子——其实愚园路的巷子里不少建筑外观是相当有看头的，即使不是花园洋房，很普通的屋宅在细节上——如墙饰和窗上的熟铁雕花也都颇为精美，还保留了欧洲上世纪三〇、四〇年代装饰艺术art deco或新艺术art nouveau的建筑风格；整体规划亦隐隐闪现昔时的规模。旧家和附近几条弄堂当年兴建时有个名号叫"四明别墅"，听起来有点像现今时髦的高级宅第。

　　愚园路有些弄巷还带着神秘的传说，近代史上一些名人的故居就隐藏在愚园路几条长巷的深处，见证着历史的沧桑。走在这些弄堂里，竟会生出一分走在古老的夕阳下的恍惚。出了弄巷，这条大路上有百乐门舞厅、静安区文史馆；而不远的常德路和南京西路交界处，就是张爱玲的故居"常德公寓"……这些，是我一九七七年第一次走进愚园路旧家时完全不知道的。

　　不久前我带一位对上海老屋有兴趣的朋友回到旧家那条弄堂走走，发现外观竟然还比三十年前整洁得多，老房子那扇从不使用的大门也油漆得焕然一新；至于内部是不是更陈旧破败就不得而知了。我这次才发现同一条弄堂底曾经住着一位文艺界的名人："流行歌曲之父"黎锦晖（一八九一——一九六七）；前两年弄堂口才为他安上一块牌子——文化名人的故居挂牌是近年的事，没想到这条不起眼的弄堂也挣得了一块。

一九七七年之后的几年里，我几乎每年回去一趟。妈妈也在一九八三年——她离乡的三十四年之后，第一次踏上她的归乡之路。我的生父母与分别了半生的妈妈重逢相聚，老人家感情的激动可能尤甚于我的出现；可惜我没有陪伴在现场亲眼目睹。生父生母一九八八年来美国玩了一趟，妈妈与他们朝夕同处，我看见她跟我生母说笑逗趣的天真活泼神情，简直是回到昔日时光了。我几乎可以想象她们当年青春少女时的模样。

对于她们，这才是真正的"重逢"。而她们的重逢做到了世间最无可能的事：让时光回转，回到从前——即使只是短短的刹那。

当年送出去的女儿成了"外宾"翩然出现，不但频频归国还接他们到美国欢聚畅游……父母亲的故事成了亲朋邻里间的美谈，二老也在亲友羡慕的眼光里享受了一段心满意足的日子。然而在他们游美整整一年之后，一九八九年秋天，我的生母在上海病逝，享年仅七十一岁。那年春天我的大儿子猝然去世，当时她已发病了，我们一直没有告诉病中的生母这个噩耗。所以我相信，她离去时当觉人生已近完满，没有感到什么

静安区愚园路576弄，弄堂口黎锦晖故居的碑牌

黎锦晖故居

遗憾了。

生母去世之后又过了二十一年——二〇一〇年的岁暮，我的生父以九十三高龄去世。他是个乐天知命的人，除了美食和苏州评弹之外没有其他嗜好。他常说自己命好，一辈子没有吃过大苦头，妻子漂亮儿女孝顺，到老来还出现一个失而复得的小女儿，人生夫复何求。

他是我的两对父母中最后一位离去的。我多么愿意相信：有那么一个世界、一个时空，他们四人在那里重逢相聚，喜悦地倾诉别后种种；同时不免要说到我——他们彼此的连结，他们这一生里的共同的爱。

给了我生命、带我来到这世间的人，在大陆上。用爱心和耐心的营养浇灌我、养育我长大成人的，是带我来到台湾的人。每当想到自己的身世，就觉得是一个多么巧合的、大时代象征性的缩影。

第七章　回首来处

　　我告诉妈妈：我也舍不得她。但是生命有限，再难舍也得舍。不过我们的分离只是暂时的——我们这样美好的缘分，绝对不会在今生就此结束。

爸爸妈妈的订婚照，约在一九三二年。

我的父亲

爸爸是我生命中最亲近、最重要的人之一，可是也是我最不了解的一个人。他在我十七岁时就过世了，没有给过我机会去真正懂得他。

小时不知爸爸每天在做什么，但常听到他跟朋友和同事讲到两个串词："三七五减租"和"耕者有其田"。却是要到半个多世纪之后，我自己都已经超过他逝世时的年纪，才约略得知一些他为高雄县所做的贡献。我非常肯定，爸爸怀抱的理想不致让他带着难民的心情苟全性命于乱世，他的正直更不会让他像一个中央接收大员来到台湾的。

我在网上找到曾任高雄县长的董中生先生的回忆录，提到他就任之后即指派我爸爸为地政科长：

"我派任的地政科长，曾任南京市地政局主任秘书，能力极强。他接事后，很快推动全县的土地第一次登记，发给土地所有权状。"

这是做什么用的呢？董先生继续写道：

"这种土地登记的簿册，称之为地籍册。台湾土地改革之所以能顺利成功，受到完整的地籍册很大帮助。三七五租约，能迅速订立，耕者有其田，能顺利征收，是因为租佃纠纷中最难解决的'租额'问题，和土地征收中最难解决的'地价'问题，都依靠地籍册内土地标示栏，所记的地目等则和面积计算出来。"（董中生《话三十年前高、屏县政》）

所以，原来，爸爸来到台湾之后，投身参与的工作就是"土地改革"。而这个温和的"土改"对台湾造成的长远重大影响，已经是历史定论了。例如日本学者若林正丈就分析过"耕者有其田"政策的特点，认为这个政策对后来的所谓"台湾经济奇迹"有着先驱性的影响。在这段历史中，我的爸爸，一个毫不显赫的地方行政官员，到底做出过他专业上的贡献。我虽然知道得太晚，仍然感到深深的欣慰。

爸爸中学上的是美国人办的教会学校，所以英文无论说或写都非常漂亮。小时爸爸教我唱英文歌，我记得最牢的是美国电影《凤凰于飞》（*Rose Marie*）的同名主题曲；还有他在教会中学时学会的基督教的圣歌。我那时还不懂英文，完全靠死背硬记，他念一个字我就跟着摹仿，鹦鹉学舌似的，完全不知其意，他一再纠正我的发音直到满意为止。许多年后我终于听到原歌，也已经揣摩出早先不明其意的歌词了。

爸爸在我五岁那年去美国考察半年，我推测是"农复会"给下的任务。回来之后感觉上有很长的一段时间，爸爸在亲友和邻里间俨然是个重要人物，每个人都问他关于美国的事，他是那个遥远而富强的美国的专家和权威，因为他是我们周围和所有来往的人里唯一到过美国的——不仅到过，还跑了很多地方，到大学里上过课，交了许多美国朋友（许多年后我们家都还会收到来自美国的圣诞卡）；而且，最稀罕的是：他照了无数张彩色幻灯片，可以像放电影一样打在墙上给许多人一起看。

我对他的幻灯片上那些地方毫无概念，除了满是摩天高楼的纽约。后来才知道他不但东西两岸都到过，还在威斯康辛大学陌地生校园旁听过课，带回家一幅校旗；还到过波多黎各——可能因为那里的气候、物产，甚至近代史上的开拓发展模式，都跟台湾有相近之处。

二十年后，我终于去了纽约和威斯康辛州陌地生城，他一直希望我有一天能去的地方。可惜他不知道我还去了更多的地方。

爸爸也带回几卷幻灯片胶卷，所以有一阵他常受托为诸亲好友拍摄全家福，或者年轻同事的结婚照；自己家人当然更不在话下。那些彩色幻灯片妈妈收藏了许多年，可惜后来都长了霉斑，但色彩依然鲜明，美丽的新娘子的红唇半个世纪后依然鲜艳欲滴。我开始摄影时也喜欢照幻灯片，用的都是柯达公司出品的Kodachrome，正是爸爸早在五○年代就用了的。前些时看到新闻，说数码相机太普及了，柯达公司决定停止生产Kodachrome胶卷。我为之怅然良久。

爸爸还带回来许多美国杂志，妈妈大不以为然，抱怨道："那么重，占了那么大的行李空间，又不能当成礼物送人。"但那些杂志我百看不厌，回想起来绝大多数是《生活》杂志（*LIFE*，现已停刊了），还可能有《星期六晚邮》（*Saturday Evening Post*）。从杂志的图片里我认识了一个男人潇洒、女人美丽、房屋豪华如人间仙境、家用设施像科幻电影、夜不闭户路不拾遗的完美理想国。爸爸说：将来一定送我到那个国度去念书。

结果是我自己去了，并且用自己的眼睛来观察、来判断，这个其实并非完美的人间仙境的国家。

虽然缺乏条件，爸爸还是训练我做个通晓西方礼仪的淑女。我十岁生日那天——其实是满九岁，中国算法就是十岁——他带我去高雄火车站旁边的铁路餐厅，吃我生平第一客西餐。他教我用刀叉，吃面包的规矩，喝咖啡的礼节……所以我很早就知道面包碟子在左边，吃面包不可以用叉子而要用手撕，喝咖啡时那把小匙是用来搅拌而绝不是舀咖啡送进嘴里

爸爸妈妈，摄于爸爸赴美考察半年回国后一个月。爸爸显然瘦了。

爸爸复旦大学毕业照，约在一九三二年。照片上有他自题的英文字：Sincerely Yours，George Pao．不知是赠给谁的。

爸爸在波多黎各。

的，等等。

他的"洋派"使得他常要表现自己是一个开明的爸爸。小时他替我照的一张照片是我的背影，一手叉腰，一只腿抬起来踩在窗台上，面向墙壁欣赏自己的画作——画是他替我的涂鸦装了框挂上墙的。他极喜欢那张颇为反传统的、带点反叛性的照片。

我十岁时他就让我穿小镇上少见的牛仔裤，路上有人见了大惊小怪叫我"太妹"，爸爸一点也不以为意。高中时有个男孩给我写情书，爸爸不但不大惊小怪，而且发现男孩的父亲是个他认识的人，还很高兴地说："下次见到某某人我要告诉他：你的儿子在追我的女儿。"我说："拜托，人家的爸爸可不像你这么开明。你这一说，那个可怜的家伙会被他爸爸打死。"

然而他又是个很严厉的父亲，我其实一直都很怕他。他从来没有打过我，也完全没有必要用体罚。他的一个严厉的眼神就会令我噤声，待到板起脸孔教训我时已经让我害怕极了，眼泪早已流了一脸。

他对于说谎深恶痛绝。小时一次无心的说谎，他的教训让我再也不敢再犯。记得那次是雨后，我跟着小朋友在一个水洼边玩水，弄湿了裙子。回到家奶奶问怎么裙子湿了还有污泥，我不假思索地说"给雨淋湿的"。其实玩水并不是不可以，裙子湿了也没什么大不了的；我只是不想奶奶唠叨，就随口给了个很笨拙的说法，根本没有存心要编谎话。当然立刻就被揭穿，没想到爸爸的反应非常强烈：他给了我很长的一顿训话，并且要我一而再再而三地认错悔过，非要我清清楚楚地一遍遍忏悔自责不可，一遍遍保证从此绝对不可以再说谎；还要我自己订出下次说谎的处罚方式，一再加码，直到他觉得够严厉而满意为止。那真是漫长的折磨，绝对比打一顿的烙印深刻。

他的沉默处罚更可怕。有一次只因为我顶嘴——其实我只是在跟他闹着玩，却没有发现他已经生气了；他竟长达一个星期之久不理我，正眼都不看我，完全当我不存在。那一星期的日子真是痛苦无比，我几乎每天夜里梦见爸爸好好地对我说话了，在梦里欣喜若狂。当他终于对我说话时，我的感觉就像犯人被特赦释放出牢狱，立刻感激涕零。这种惩罚太可怕，所以我从不用来对待我的孩子；而且我相信沟通比什么都重要，沉默是没有任何正面作用的惩罚方式。

爸爸对我各个方面的鼓励和夸奖都是毫不吝啬的——除了外貌。我从小的涂鸦都会被他配上镜框挂到墙上，甚至托认识的人把我的画登在报纸上，延聘老师教我画画；后来更是以我的作文为傲，更不用说参加什么演讲、辩论比赛，他的赞赏都是非常慷慨的。可是唯有当别人称赞我好看时，他会显示出毫不在意的冷淡。我想他一定是不希望女儿太注重外貌，所以不希望我把别人的赞美当真。

他不但从不夸我的长相，而且常常半开玩笑地批评甚至贬抑我的外貌，半真半假地逐点指出我五官上的缺陷。现在回想起来，不禁为他的审美观感到好笑。比方他常说我的嘴唇太厚，害得我有好一阵照相时不知拿自己的嘴怎么办，妈妈还感到奇怪："为什么这孩子一照相嘴巴就做怪样子？"长大之后才发现我的嘴唇不但不算厚，而且以现在的"丰唇"标准来看还嫌太薄了点。爸爸又总是叫我"塌鼻子"，因为我小时鼻梁确实不挺，可是不知怎的，十岁以后鼻梁渐渐长高，到后来甚至还凸起一块鼻梁骨呢。

长成少女之后，我在外面受到的注目和称赞回到家就烟消云散，因为爸爸还是绝口不夸我的容貌。他总让我觉得自己是一只丑小鸭。当我自己做了母亲之后，我想过他的教育方式，也能体会他的苦心；可是如果我有女儿，我固然会鼓励她注重内在美，但绝对不会故意贬抑她的任何一点，无论是外表还是内在。

爸爸的矫枉过正使得我对自己的外貌由于无法从他那里得到肯定，而更加重视别人的眼光和看法，结果反而是需要用上加倍的力气，去克服自己那份因为缺乏自信而产生的几乎近似自卑的自我意识。这恐怕是他始未料及的，然而我们永远没有机会沟通了。

我上高中之后感觉与爸爸渐渐疏远了。一方面是我有了自己的一个少女的世界，课业又重；另一方面是他的应酬多了起来，常常很晚才回家，有时甚至带着醉态。妈妈总是陪着我做功课，等着为他开门，我可以感觉到妈妈的寂寞。但爸爸在家的晚上家里气氛还是非常温馨的：那时高雄还没有电视可看，我在书桌前做功课，爸爸妈妈在旁边的茶几前对弈——下象棋。他俩下了几十年的象棋，默契极佳；我最喜欢听他们半真半假的戏谑，妈妈撒娇要悔棋，爸爸故意逗她偏不让，那个时刻我觉得有这样的父母亲实在很幸福。

我上高三那年爸爸被调职到台北，他一个人先去上任，不久之后全家才搬去。爸爸独自在台北的那段很短的日子里，偏逢他和妈妈结婚三十周年；记得那天一早妈妈就收到爸爸从台北发来的电报。妈妈过世后，我在她珍藏的旧相本里发现这封电报，日期是一九六四年十一月二十五日：

三十年岁月　多少甘苦辛酸
今夕何日　感与卿同

我还记得妈妈把电报给我看时，一向含蓄的她难得地显现出的喜悦和感动。妈妈当时怎会料到：一年零两个多月之后，爸爸就永远离她而去，连再见都来不及说。如果他俩会在另一个世界重逢，那将是漫长的四十二年之后——待妈妈也离开这个世间之后了。

从高中到大学一年级爸爸去世那段日子，我和他确是不再像小时那样亲密了，而且处处有种说不出的扦格。或许是我作为一个teenager"三九少年"时期短暂的内心反叛，也或许是他一时难以适应我的改变——他也是第一次作为一个"三九少女"的父亲，眼看我从一个乖巧的小女孩变成个一脑子稀奇古怪念头的少女，他必定也有些无所适从之感吧。我相信如果他不是那么早离去，待我真正成年之后，我们不但会恢复亲密的父女关系，而且以他的开明朗爽，我们还会发展出很好的朋友关系。尤其后来我长居美国，以他的英文程度和爱交朋友的个性，他会非常适应并且喜欢美国生活的。

住在高雄的日子，爸爸收听美军电台，他喜欢听的多半是四○、五○年代的怀旧老歌。那些或轻快或带着淡淡哀愁浓浓渴望的旋律，在我的记忆中成为伴随他从美国带回来的照片和杂志的背景音乐。我上初中时开始听美国热门歌曲，这是我第二阶段的收音机年代，时空从怀旧上海飞跃到未来美国。

许多年后，这些歌曲又跟爸爸的美国老歌在记忆里缠绕交织。至今听到美国五○、六○年代的怀旧老歌，我有时还会想到我们父女俩分享的收音机年代，想到爸爸对我的许诺——他为我编织的"美国梦"，我在他去世之后完成了，他却永远不知道。

还有一桩事，如果他有知当会惊喜不置。爸爸有两位恩师，一位姓萧，一位姓汤，他要我恭敬地称呼他们为"太老师"。他们对爸爸的学业、事业和志业都有很大的影响。许多年以后，我定居旧金山湾区，加入了当地一个由华人创办的贫困学生教育基金会做志工；偶然地发现创办和积极投身这个慈善团体的成员中，竟然有两位我先前并不认识、但知道他们是谁——他俩分别正是两位"太老师"的女儿和儿子！他们未必知道彼此的上一辈的关系，更不会知道他们父亲与我爸爸的关系，我也没有对他们提起。我只是将这桩美好而奇妙的巧合，归诸上一代人给了我们相同的教诲吧。

我从一九七七年第一次回到上海，其后去过上海无数次，甚至最后连妈妈都回上海定居了，但爸爸从一九四九年上船之际的最后一眼，永远没有能够再见到他的城市。他从未告诉我他想念上海——他没有等到我长大到可以听他倾诉心事时就骤然离世，但我深信他一定非常怀念那个城市。三〇年代的上海，念大学的年代，怎能不让他怀念呢？我多么希望能够告诉爸爸：我见到了他当年熟悉的黄浦江的景色，走在他走熟的街道上，我写的书放在他想必行过的路上的书店里，我还到他的母校复旦大学做过讲演……如果他还在，我相信他一定会非常非常地高兴，绝对不会吝于夸赞我的。

爸爸去世多年之后，随着我自己的成长成熟，他出现在我梦中的形象开始渐趋柔和自在；他与我在梦里平等地对话，亲切而愉快。就在不久之前的一个凌晨，我梦见他神色愉悦地来到我面前，我心中充满想要对他诉说的话语，我迫不及待地要告诉他：他离去时我还是个不懂事的女孩，其后这大半生我学到了许多功课，我终于不负他的期许了；特别是我将要写到关于他的这本书，我还有太多事情想要问他啊……我恳求他多留一会，而他只是一派轻松地微笑着。看着他焕发的容颜，我突然发现：他比我年轻许多——我竟然已经比自己的爸爸老了！在那一刹那，我醒悟到这不是真实人间。

　　醒来之后，心中充满甜蜜的哀伤，为那无可追挽的岁月，为我那来不及好好认识的、比我年轻的父亲。

父亲离家

　　我上大学时我家已搬去台北，这使得考上了台大的我有点失望，因为我宁可家还在高雄，这样就可以住宿舍了——我一直向往不住在家里的自由。

　　大一那年，上学期快要结束时，我正在准备期末考，爸爸到高雄出差，第二天早上妈妈接到电话：爸爸夜里在高雄心脏病发，进了医院，要妈妈快去。

　　爸爸一直有心脏病——心血管堵塞的毛病，曾经几度为此住院，需要随身携带硝酸甘油锭。所以妈妈听了虽然担心但并不太感意外，立即收拾简单的行李，把奶奶送到大姑妈家，交代我几句话就匆匆坐火车走了。我虽然知道爸爸也不是第一次发病住院，但心情出奇地不平静，明知正在大考期间，却怎样也无法专心念书。

爸爸妈妈唯一的一张保留至今的结婚照：一九三四年十一月二十五日在上海北四川路青年会结婚。从桌上的杯盘看来是西式宴席。

又过了一天，我正要到学校去，家里来了一个爸妈的老朋友，见到我就讶异地问："你怎么还没赶去高雄？"我说我在大考呀，心里奇怪这位伯母为什么显得有些异常。

她说："我看到今天的《中央日报》就赶过来了。"我更奇怪了，我的爸爸又不是什么大人物，发病住院还会上报？我问报上说了什么？她这才警觉，说："哦，没什么，我是好久没有来看你奶奶了，来跟她拜个晚年……"

我觉察到她的异状，她也非常不安，没说什么就匆匆走了。我迫不及待地到了学校，冲进图书馆的报纸阅览架找到当天的《中央日报》。我心中已有隐隐的不祥预感，但不准自己多想，且暗暗抱着一丝希望：其实什么事都没有发生，都是我在疑神疑鬼，甚至是我的幻觉。

我很快地找到那则新闻。奇怪，那么小，在报纸的角落，却一下就找到了。

那是报导爸爸在高雄病发身亡的消息。我的爸爸的死讯，我这做女儿的竟然是在报纸上看到的！所以妈妈赶去时，爸爸其实早已去了。人们怕妈妈一时受不了，所以先骗她爸爸病了，住院了，等她到了再慢慢告诉她。

我从图书馆出来，觉得天地变色。脑子里空空的，整个人都空了，变得很轻很轻，飘出图书馆，飘在校园里，像个鬼魂一样。但我竟然还把最后一科的大考考完。我不知道自己在考卷上写了些什么。

当天下午我就乘火车赶去高雄。一路上听着火车发出有节奏的"空洞空洞"声响，应和着我心里不断重复的话：怎么办怎么办怎么办……我没有想到以后——我根本还想不到明天后天下个月下一年，我只是害怕得要命，怕死了马上要面临的——妈妈现在会是什么模样，我连想都不敢想。

还是非面对妈妈不可。那是我此生第一次，也是唯一的一次，见到妈妈发疯似的大大失态的情状。那一刹那我以为自己不认得眼前这个女人。也许是我潜意识里不想跟眼前的悲惨和麻烦有任何联系。

我当然还是冲过去抱住那个闭着眼哭号的女人，并且陪着她哭。

一个星期之后我捧着爸爸的骨灰盒回到台北。在高雄已经举行过丧礼了，但台北还有一次仪式，我还得再做一次披麻戴孝的"孝子"，妈妈还得再被公开提醒一次：她现在的身份叫做"未亡人"。

从此我恨透了"未亡人"这个词。好像是个该追随亡夫去死，而竟还没有死成的女人，她的余生就是等着尽到这份殉夫的职责。

因为处理爸爸的后事，我没能按时注册，新学期开学后到教务处要求补办注册手续。那个男职员大概觉得我这样的学生是存心给他添麻烦，非常不耐烦地向我恶狠狠喝问："为什么不按时注册？"声音之大，让我觉得全办公室的职员和在场的同学都在看着我。

迟疑了一下，我艰难地说："家里有事……我的父亲过世了。"我还不习惯对人说出父亲去世这件事，因为我还没能够接受这件事实，对着陌生人说出口更是感到无比的困难。

这人怔了一下。他完全没有料到我说出的理由竟是这样的。但他一时还收不回原先准备好来给我一顿痛斥的架式，他的气势还鼓在那里，仍然需要发挥。于是他就像听到"我感冒了"这类借口一样，无动于衷，还是气鼓鼓地把注册表格重重摔在我面前。似乎一个没有按时注册的学生就是罪大恶极活该接受羞辱的，即使她刚成了一个孤儿。

爸爸忽然离开，十七岁的我忽然发现了周遭世界的真实：即使我自己的世界整个崩溃了，与旁边的人是不相干的。

伪造的家信

还在震惊和极度伤痛中的妈妈，面临一个难题：怎么告诉奶奶？与大姑妈以及几位亲友商议的结果是：瞒。能瞒多久算多久。

好在爸爸出过国，对奶奶来说，爸爸再出国就不是不可能的事。我们告诉奶奶爸爸突然出国了——就在奶奶住在大姑妈家的那几天，爸爸不是去了高雄吗，接着就紧急地出国了，走得匆忙，所以来不及去跟奶奶辞行……

奶奶虽然非常意外，却也不能完全不信。她对这个儿子在慈爱中简直有几分敬畏，虽然非常愤懑却又不便发作，后来就变成极度的伤心，想是儿子抛弃她了。但她从来没有试探问过，儿子是否已经不在人世了。一次也没有。

她为什么不问？日子久了，任谁也会觉得不对，蹊跷，犯疑心。我后来渐渐理解一种心理：你如果非常希望或非常害怕什么，就会倾向于相信所谓的理由或者"证据"，甚至心甘情愿地相信——无论它们显得多么牵强，多么不合理。

有一两年的时间，我为奶奶假造信件。我摹仿爸爸的笔迹写信，虽然不像，好在奶奶识字能力不高，浏览一下还是要人念给她听的。我当然是那个念信的人，妈妈根本不可能有心情配合演这场戏。我还找来航空信封和旧邮票——还好爸爸收集不少美国邮票，我甚至用墨笔画邮戳，在奶奶的昏花老眼看起来简直天衣无缝。

"缝"当然还是有的。奶奶听信之后先是满意地点点头，但情绪随即直转而下，她会悲愤地抱怨："怎么可以一声不响地就出国了，连个招呼都不打！自己的亲娘嗳！"后来她连抱怨也没有了，再过一阵她不再问"爸爸有信来吗"，只是很偶尔地被什么触动了，会幽幽地说："走了也不跟我说一声……"最后她提都不提爸爸，好像从来没有过这个儿子。我也厌倦了这个伤心的游戏，早停止了写信。

同时奶奶变得有些痴呆，几乎不说话，不是躺在床上，就是坐在客厅同一张椅子上对着电视。她开始排尿失禁，在那张椅子上留下污迹。她抽了几十年的香烟，烟瘾不小，可是这么恍惚的人抽烟，尤其在床上抽，实在太危险，我们不让她再抽烟了。这对于一个老烟枪实在很残酷，我们都非常不忍。可是奶奶也没有表现出什么痛苦。她早已不再有从前令我头痛的唠叨，她活在另外一个世界里，我完全无法窥知的。

我和妈妈始终不能确知，后来奶奶的心理状态究竟是怎么回事。我们的推测是她可能也觉察到了，或者怀疑到了；但是没有人给她一个确定的噩耗，她是不会开口问的。

妈妈一直照顾奶奶，只在偶尔实在疲倦需要喘一口气时，才把奶奶送去大姑妈家几天。爸爸去世六年之后，我也出国两年多了，奶奶才寿终正寝，享年八十。

二十年后，我将奶奶的骨灰盒带回大陆，与爷爷的骨灰合葬一处。我无从知晓他俩的感情从几时起便已不再，但爷爷和奶奶四十年的婚姻，确实是结束在一九四九年"大难来时各自飞"的那个时间点上；直到四十多年之后，我才让他们俩"复合"。

爷爷奶奶的合葬墓在苏州，面对着太湖，旁边就是我的生母。奶奶若是有知，对我这桩举动应当会感到满意吧。

母亲回家

妈妈生于辛亥革命次年，上面只有一个哥哥。生下来时不足月，像只瘦小的病猫，家人都不看好，以为这孩子一定养不大。没想到活到九十六岁，打破了家族的高龄纪录。从七十几岁之后妈妈就常说自己多活的日子都是赚到的，非常够本了。

由于是个女孩，妈妈小时没有什么人理睬，被放在一张圈起的小椅子里，面前一碗白粥，随她自己舀了吃。有人走过，她就站起身来，伸开两只手臂，希望人家抱抱她。没有人停下来抱她，小娃娃只好又坐下，继续吃她的白粥。

妈妈告诉我这些她小时的点滴时，听到这段我好心疼——为着那个比我早生三十几年的小女娃，她的童年比我还寂寞呢。

爸爸虽然出身算得上世家，但他的祖父过世得早，我爷爷那一房已没有什么家产，连爸爸到上海上大学的费用还是一房富裕的亲戚帮助的。妈妈跟爸爸结婚没多久抗战就爆发了，爸爸跟着工作单位撤退到大后方，妈妈随后从江苏一路跋山涉水到贵州与爸爸团聚。妈妈总说自己最不会认路，我也深知她的方向观念奇差，胆子又小；竟然完成"万里寻夫"的壮举，只能说是爱情的力量造成的奇迹吧。

抗战胜利回到南京，还来不及过上几天好日子，又要逃难了。这次上路更是前途茫茫，除了一口樟木箱子别无长物，加之上有老下有小，凤山的日子连我那么小都知道过得有多拮据。后来爸爸调职高雄土地银行担任副经理，表面上风光多了，分配到的房子不但宽敞还有个大院子，爸爸有自己的三轮车和车夫，我甚至常有机会跟着他到爱河边的华园饭店吃西餐——比火车站铁路餐厅的西餐地道美味太多了。

可是只有妈妈心知肚明：这一切只是表象，爸爸的薪水其实并不丰厚，而他是个耿直到即使是不犯法的好处外快也不屑一顾的人。所以爸爸的春风得意和日益增多的应酬，只是暗中带给妈妈更大的负担而已。爸爸永远是衣着光鲜神采飞扬的，而给我印象最深的却是银行主管的太太们的衣着与妈妈的差距：一到冬天，时髦考究的经理夫人身上的行头当然不用说，连几位襄理的太太们也全都人人一袭呢料长大衣；唯独妈妈这位副理夫人却只有一件半旧的、长度不及膝盖的、说不上什么料子的杂色短大衣。妈妈虽然从来不说什么——她一向都是既

爸爸妈妈结婚十周年纪念照，一九四四年摄于贵阳。

朴素又俭省，终生如此，但我知道她心里还是很不自在的。

大学毕业后、出国之前我做了一年事，第一次上班存下的第一笔钱，我就陪妈妈去西门町定做一件黑呢长大衣。我并且应许她：将来我会奉养她，给她足够的零花钱，随她怎么用，"丢到阴沟里都可以"，我夸张地说。她笑得眼泪都流出来了。后来我们就称我给她花用的钱叫"丢阴沟钱"。

说是这么说，她还是俭省如故："你们赚钱不容易。"妈妈永远先替别人着想。

可是年轻时的我只会替自己想。我过怕了家中只有妈妈奶奶的阴郁的日子，向往着外面广大而充满阳光的世界；像童话故事里离家出走的好奇小孩，即使外面世界的崎岖道路充满不可知的险阻与荆棘，也要忍不住走上一遭。而且早在童年时爸爸就在我的脑袋里播下了种子：将来总有一天，我要去美国看看爸爸到过的那些地方。

日后每当我想到自己当年不顾奶奶和妈妈就径自出国，而且让妈妈独力照顾已经失智没有行动能力的奶奶，是多么自私无情不可饶恕。然而妈妈完全没有阻止我。爸爸的老朋友们一致认为我应该留在台湾孝养妈妈，积极地为我介绍归国学人相亲，我拒绝配合，妈妈也不说什么，只是默默地准备好我的旅费和出国保证金。

临行时我向妈妈一再保证：最多两年，念完硕士学位就回家。结果我回到台湾是十五年之后——并不是我有意对妈妈食言。到了美国不久我就参加海外保卫钓鱼岛运动,被贴上"左派"标签打进黑名单,不能也不敢回台湾。

十五年间我想家想得厉害,无数次梦到自己回家了,悄悄地进了门,妈妈背朝我坐在桌子前,我知道她是在给我写信,我想给她一个惊喜,却总是来不及看到她转过脸就醒来了。有时是梦见走路回家,那么熟悉的路却怎么走也走不到家,路变得越来越陌生,我在梦中发现自己根本就是走在异国的街道上,难怪总是回不了家。

像童话里离家的孩子,待到要回家时,已经是个成年人了——成年人不能再住在童话国度里,成年人回家的道路是"道阻且长"的。十五年之后的那个深秋我第一次回到台湾,想到尤利西斯的回家之路也不过是十年而已,我竟然走得更远更久。所幸那十几年里妈妈可以到美国看我——其实是照顾我,后来还照顾我的孩子,以她当年给予我的同样的爱心和耐心,一一给予了我的孩子们。

我知道妈妈心底有两个愿望:一是不要再过拮据的日子,二是有一个属于自己的地方。在她的晚年,两个心愿都达到了。

妈妈漫长的人生里,前面的三分之二多半都是坎坷的。才三十出头的时候,她的父母亲在同一年里先后过世。五十四岁,丈夫忽然心脏病发,在另一个城市过世。六年之后,她为

妈妈（最右戴草帽者）五岁时和她的母亲、二姑母、哥哥、诸表姊弟合影，时约一九一七年。

妈妈（右）六七岁时与她的父母亲及哥哥（我唯一的舅舅）合影，时约一九一八年。

那从婚后就孝顺奉养的婆婆送了终。又过没多久，被她悉心照顾了好几年的唯一的亲手足，她的哥哥，病逝在她的家中。从此她没有了长辈和同辈人的牵挂，不久之后就搬来美国与我长住。但我知道在她内心深处，一直希望有个属于自己的地方——她自己的家，有根，又能让她感到完全的自在。定居异国的我无法满足她这份心愿。

　　九十岁那年，妈妈终于回到上海定居，如她爱说的，有了她自己的"小窝"，结束了大半生的漂泊和寄居。我为她布置了一个舒适雅致的小公寓，雇了一名保姆同住，而且我的姊姊就住在不远，可以每天过来看望她。姊姊说："我们的妈妈不在了，舅妈就像妈妈一样。你奉养了舅妈这些年，现在该轮到我来照顾她了。"她说得真挚动人，我放心地把妈妈托付给姊姊——半个多世纪前差一点成为妈妈的女儿的人。

　　妈妈对这样的安排很满意。可是她仍然有着深深的惋惜：青梅竹马、结缡三十载的我的爸爸不在了，情同姊妹的我的生母也不在了。上海已经不是她记忆中的那个上海了。而且她最疼爱的孙子们住得那么远，每年只能在寒暑假时相聚。

　　终于，二〇〇八年的春天，还差四个多月将满九十六岁，我的妈妈在上海离开了这个世间。在那之前的两三个月她已经十分虚弱，但我们谈得很多。她回顾一生，觉得了无遗憾；她终于回到了自己的地方，有了完全属于自己的空间；自小带大的两个爱孙都善良乖巧，与她亲密无间一如既往，寒假时刚来同她欢聚过。她可以安心地走了。

她不忌讳谈论死亡和后事，非常开明地一再表示过愿意死后捐赠遗体。她甚至很认真地托一位上海的朋友打听捐赠遗体的方式，结果被告知：不接受海外人士。妈妈很不平地抗议说她是台湾同胞不是海外人士，但还是未能获准。她只好放弃最后的贡献心愿，叮嘱我将遗体火化，骨灰撒到海里就好。我含泪取笑她："你要学张爱玲呀？"我知道：这桩嘱咐我会违背她的，因为我要把她和爸爸的骨灰安放在一道。

虽然潇洒，但死亡那分巨大的不可知，还是不免令妈妈在即将面对时有所踟蹰。我曾对她说过：我们来到这个世间就像留学生，是来学习的；时候到了该离开了，只是"学成归国"而已，没有什么好害怕的。

每次回到上海的"娘家"，我都是跟妈妈睡在一张床上，像我小时候，也像爸爸过世之后、我出国之前那段日子。有一天夜里母女俩躺在床上，她忽然对我说："我想归国了。"我一时不解，还以为她想回美国。

她说："我很疲倦了。虽然还没有学成，可是我想'归国'了。"

原来她是这个意思。我忍住眼泪对她笑着点点头。我很欣慰她能够这么豁达。

"只是……"她吃力地说："我，舍不得，你，这个，好女儿。"

我顿时泪下如雨。是她啊，是她给了我一生的机会与福分，来做一个女儿——做她的女儿。

　　我告诉妈妈：我也舍不得她。但是生命有限，再难舍也得舍。不过我们的分离只是暂时的——我们这样美好的缘分，绝对不会在今生就此结束。我们一定已经在许多前世里结缘了，以后也会再结更美好的缘分，也许还是亲子，也许是手足、夫妻、生死之交……

　　她静静听着。我知道她愿意相信。

　　一个月之后，她结束了漫长的学习人生，"学成归国"，回家了。

　　几十年来我已经太习惯身边有个妈妈，即使没有与她生活在一处的那些时日，也不会因为空间的距离而觉得她遥远。而今母亲的永远离去，让我惊觉自己在这世间已不再是一个女儿、一个小辈——母亲不在了，再也没有她走在我生命的前面，替我体会、为我抵挡衰老病痛和死亡。我终于必须面对这些。

　　母亲走了，我终于可以老了。

　　然而我对母亲时时涌起的思念，令我常会错觉母亲还在。看到一样她喜欢的东西，直觉的反应就是陪她来看一眼或者买下来给她一个惊喜；闻知亲友的好消息或者趣事，立刻想要去告诉母亲让她开心……那比一秒钟还短暂的以为母亲还在、以为我还可以让母亲高兴的错觉，也总是带给我刹那的欣喜，之后却是不绝如缕的惆怅。

母亲还是在的。生活中的点点滴滴，时光累积的分分寸寸，片纸只字，一针一线，但凡母亲抚触过的都留有她的身影气息。孩子央我做一道吃食："要像婆婆给我做的那样……"大男孩少有的温软声调令我眼睛湿润，语音里浓浓的思念，婆婆应该会听得见的。

几回梦见母亲，梦中的她却不是近年的模样，而多半停留在我少女时期记忆中的年纪，已不年轻但距离老去还很远。我将她的形貌凝固在那一点上，可能心中明白那是她漫长的人生中一段短暂的、算得上是完整安适的日子吧。如果将来我们在另一个世界重逢，她大概就是以这样的容貌与我相认；而我，在她的前世记忆里，还会是那个扎着两条小辫子、在放学路上急不及待要飞奔回家的小女孩吗？

………

一个晴朗的上午，凤山镇上阳光灿烂，妈妈抱着我买完东西回家，我们走过一条狭长的巷子，空气中有糕饼铺传来的香气。妈妈叫我拿着那一小包东西，这样她就可以用两只手牢牢地抱住我。一路上，妈妈不断叮咛："拿好啊，抓紧啊，不要掉了……"纤瘦的妈妈紧紧抱着幼小的我，在一个阳光灿烂的上午，走过很长很长的回家的路——走向我今生的第一个家。

二〇〇九夏～二〇一〇秋

我带爸爸回家

二○一一年秋天,我带着一百岁的爸爸回上海。

爸爸生于民国元年,这年他正好是一百岁——我是说,如果他还在世的话。

如果爸爸还在世,一百岁的他一定会感到很寂寞吧,因为妈妈已经不在了。他的两个妹妹,一个早在二十多年前在上海病故,另一个也于前一年在台北过世。他那一辈的人只剩下三个比他年轻许多的堂弟。他的老友们还健在的可能性更是微乎其微了。

爸爸过世得早,那年他还不满五十五岁。所以我五十五岁生日那天,忽然想到:我竟然比自己的父亲还老了,而从此以后我会有一个比起我来越来越年轻的父亲。那种奇妙又荒谬的念头闪过心头之后,惆怅与哀伤陡然涌起。

爸爸过世时我才十七岁，几十年之后想起爸爸虽然不会再有悲伤，然而那一刻，年过半百的我还是感到久已未有的一份痛楚——在我的人生还充满许多可能、伴侣还需要扶持孩子还需要照顾与指引的时候，同样年纪、处在同样人生阶段的爸爸，竟然毫无预警地、毫无选择地结束他的人生了。而我的人生，竟有这样漫长、这样大的部分是没有爸爸参与的。

爸爸在高雄心脏病突发而离世，正在期终大考的我从台北赶去，接爸爸回家——捧着一个沉重的方形木盒，里面是装着爸爸骨灰的瓷坛。然后，爸爸就安眠在台北善导寺的灵骨堂里。我大学毕业出国留学前夕去向爸爸道别，告诉他我终于为他完成要我出国念书的心愿了。许多年后我才能回到台湾再去看他，木盒上爸爸微笑的照片有些模糊了——或许模糊的是我的泪眼吧。

没有了爸爸的大半生里，幸好我还有妈妈。然而高寿的妈妈的后半生是没有她最亲爱的丈夫陪伴的。自小一道长大的青梅竹马表兄妹后来结为恩爱的夫妇，爸爸的猝逝之于妈妈，远比常人的丧偶之痛更深更痛。

所以，爸爸在善导寺安眠了四十多年，妈妈在没有爸爸的世上也生活了四十多年。妈妈人生的最后几年定居在上海——爸爸在那里念书，爸爸妈妈在那里结婚，他俩的青春年代在那个城市留下无数珍贵美好的记忆。

二○○八年春天，九十六岁的妈妈在上海安详地去世。临行之前她叮嘱我把她的遗体火化，骨灰撒到海里，不要建墓立碑；理由竟然是不想留下会引起我和孩子们悲伤悼念的痕迹。我笑她傻：没有墓没有碑，难道我们就不会想她思念她？

我知道这件事我是不会听她的。我把妈妈的骨灰暂时安放在上海郊区一座墓园的寄存室里。在那间希腊式的建筑里，妈妈静静地等候——等候爸爸的来到。

我也曾想过把妈妈和爸爸的骨灰都接到美国。在加州圣地亚哥的蓝天下、碧海旁，一片芳草如茵的墓园里躺着我的大儿子，妈妈的第一个爱孙。我的孩子们都赞成把他们亲爱的婆婆接回美国，葬在大哥哥的旁边，可以常去探望。可是我想到妈妈其实并不喜欢长住美国；而若是把她的骨灰带回台北，也并不一定能够跟爸爸放在一处。待想到他们俩结为夫妻的地方是上海，而妈妈已经在那里长眠了，我考虑应该把爸爸接回上海的。

春天到台北时，我去善导寺看看早已移放到高层架上的爸爸的木盒，那么大的老式盒子现今已不多见，肯定需要换成一般尺寸的圆坛才能带出远行。我询问了相关的手续，还颇有些繁杂，于是决定秋天再回来，多些充裕的时间进行这桩事。

就在下了决心时，瞥见一旁的香案上有一对筊杯。我不是个迷信的人，这一生从未掷筊问卜，但那个刹那忽然心念一动，于是捧起筊杯在心中默祷："爸爸，我带你回上海好不好？"筊杯掷下，一阴一阳。爸爸答应了！

"好，爸爸，我们一道去上海。妈妈在那里等你呢。"我的眼睛湿了。爸爸木盒上的照片已经很不清楚了，但是我知道他在微笑。我好想抱一抱爸爸。

夏天我去上海，妈妈还安息在"息园"。我在园中面河一栋楼的高层订了一处双壁龛，刻好大理石碑，碑上爸爸和妈妈的名字并排，像是他俩长相厮守的小屋门牌，又比结婚证书更像永不分离的承诺。碑上还有他俩的照片，都是我挑选出的记忆中最亲切美好的形象，也是我最喜欢的他们的模样。

秋天来到台北，物色了新的骨灰坛，办妥了规章所需要的文件，我最后一次来到善导寺，请出爸爸的大盒子，一路捧着出来，心里默默地提醒爸爸跟着我来。在台北近郊一处山上，预先约好的拣骨师把大瓷坛里的骨灰再次烧成细粉，灰白色的粉末盛在新的圆坛里，看起来很干净。我捧起坛子，还热烘烘的。山上下着凄凄的秋雨，可是我觉得很温暖。

就这样，我把坛子放在旅行袋里，上飞机，下飞机，一路随身提着，一路在心中跟爸爸说话："爸爸，我们坐飞机回上海了，只要一个半小时嗳！爸爸，你开心吗？离开上海六十二年了，你还记得上海的模样吗？"

一九四九年的春天，爸爸搀扶着小脚的奶奶，领着妈妈抱着未满一岁的我，从黄浦江乘船去福州换搭大船去台湾。当江轮缓缓驶离外滩，他对上海投出最后一瞥，极目所见难以忘怀的是什么景象？六十年来家国，爸爸若还能亲眼看见今天的上海令全世界目眩惊艳的变化，又会是何种心情？

我多么想知道，告别上海的那一刻，爸爸心中想着什么？他可有预感此生再也、再也无法回来？再见，上海——永远不能再见的上海……

爸爸不能回去的上海，成了我永远的乡愁。

其实我何尝不清楚，这坛子里的粉末不是爸爸，那存放在"息园"的木盒里盛着的当然也不是妈妈。我宁可相信他俩早已在另一个美好的世界重聚，谈论别后种种，爱怜地俯视尚在人间痴痴奔波的我。我也宁可相信我们来到这世间是一趟学习之旅，我们的躯体只是一袭承载来访灵魂的"宇航衣"；当衣服敝旧不堪再用，灵魂便弃之而去……

"息园"里刻着他俩名字的壁龛，无异即是他们的衣冠冢啊！

然而那些曾是温热的粉灰，是他们在这世间旅行时曾经穿过的行装弃毁之后的余烬，是他们留给我的除了记忆之外仅有的体质遗痕。我对他们如此思念不舍，即使只是些许余烬遗痕，也是他们的曾经、他们的足迹；我对之郑重珍视如宝，即使明知世间已没有任何可以替代他们于万一的东西。

因而我还是一路拎着沉重的行囊，心中喃喃地与爸爸对话，并且固执地相信，我终于把爸爸带回他的上海，与分离了四十几年的妈妈重聚了。

将一坛、一盒在龛中并排安置妥当之后，我放进为他们而写的《昨日之河》——我以回忆和文字对他们的报答之书。书本覆盖在妈妈的盒子上，封面上我一岁时的照片贴近着妈妈，妈妈的旁边是爸爸，我们三人紧紧地依偎着，就像许多许多年前一样。

后记　童年的终结

童年结束在什么时候？

生理学上的定义是青春期开始，性征出现，就不再是儿童，于是童年——儿童年龄到此结束。

文学里就比较复杂了。许多小说的主题是纯真年代age of innocence的一去不复返，故事也是童年生命中的某些重大深刻的事故，让一个孩子自觉或不自觉地成长，告别童年——所谓coming of age的故事。至于那个孩子的生理年龄，就可大可小了。

无论从哪个定义来说，一个成年人——更不用说一个中年以上的人，童年期当然是早已过去了。可是许多成年人心中始终住着一个孩子；童年，并不因为生理年龄而在某一点一定完完全全地终结。

童年什么时候永远终结呢？对我来说，是当世上最后一个带你走过整个童年、扶持你成长的人永远离去，你的童年便不再会延续，不会再有追挽，印证，或者来自另一个人的记忆分享……直到那时，童年真的是永远永远消逝，不留任何余地地终结了。

　　母亲的高寿是我此生最大的福分。习惯了生活里总是有母亲，只要母亲还在，我就是她的小女儿，向她撒娇受她宠爱。虽然到了她的晚年，因为她的年迈，有时我俩会有角色颠倒的情况：我开始当她是个孩子般哄她开心，有时甚至发现自己几乎是宠溺着她，而这样做让她快乐更令我快乐。

　　纵然如此，心理上我还是她的孩子，永远是她的小孩，不会长大变老。年迈的母亲对旧时的记忆远比近日的深刻鲜明，所以童年的我对于她远远比青年、中年的我亲切而接近；也许在她眼中的我是以她最怀念、最疼爱的形象呈现的。她的理性认知当然要承认我已成长，可是我知道，在情感上和心底深处，她并没有完全接受我早已长大的事实。

　　母亲的这份心理状态，成为我在数十年成长岁月的风霜里取暖的温柔火光。在母亲的宠爱里小小的、短暂的耽溺，使得我没有对成长甚至老去的惶恐，因为回眸处总有母亲在殷殷叮咛：慢慢走啊，不要慌，一路上小心，注意冷热，多吃点，不要饿着了……想象中无论自己走到哪里、走得多远，母亲总是等在家里，手里捧着一本书耳朵却听着大门的动静，等候我的电话，炉子上热着饭菜，床上的枕被都洗净铺好了……

母亲总是等门，而我总是那个晚归的游子，在她心目中还没有完全长大所以不懂得照顾自己，总是令她牵肠挂肚。

母亲去世，我忽然了悟：在这个世上，我不再是谁的孩子了。从此以后，我可以老去了。

然后，我涌起一个强烈的念头，要书写自己的童年。过去许多年来，我知道总有一天，一定会把自己身世的故事写出来的，可是这么多年始终没有动笔。母亲往生之后一年，我忽然就一口气写下了许多童年回忆的片段，以及我的家世，我的身世……写出来之后方才明白：这世上最后一个从我出生就爱我、照顾我的人不在了，于是，我的童年就完完全全地结束了——因而我才能完全"终结"和"总结"自己的童年。我可以安心地写出我的童年往事，不怕遗漏了什么。除了我自己记得的，以及对这些记忆的诠释，世上再也没有一个人还会再告诉我什么，补充什么，解释什么了。

在一般世俗定义的"童年"结束后的许多、许多年之后，在我的母亲离开人世之后，我才能彻底地、决绝地终结了我的童年。然后，我才能把关于我的童年的记忆点滴写出来，并且借此与我的童年告别。

《昨日之河》里的文字是迟来的，与童年的道别和告白。在母亲去世三年之后，我才能够把这本书献给她。